CONTRAPESO
평형추

DJUNA
듀나

CONTRAPESO
평형추

TRADUÇÃO DO COREANO
Luis Girão

Copyright © 2021 by Djuna, publicado primeiramente por Alma, Inc.
A edição coreana original deste livro foi publicada com o título "평형추" com autoria de Djuna.
Todos os direitos reservados.
Publicado mediante acordo com Greenbook Agency.

Grafia atualizada segundo o Acordo Ortográfico da Língua Portuguesa de 1990, que entrou em vigor no Brasil em 2009.

Esta publicação recebeu o apoio de Literature Translation Institute of Korea (LTI Korea).

Título original
평형추

Capa
Ing Lee e Ale Kalko

Ilustração de capa
Ing Lee

Ilustrações de miolo
vika_k/ stock.adobe.com

Preparação
Luara França

Revisão
Ana Maria Barbosa
Nestor Turano Jr.

Dados Internacionais de Catalogação na Publicação (CIP)
(Câmara Brasileira do Livro, SP, Brasil)

Djuna
  Contrapeso / Djuna ; tradução do coreano Luis Girão. — 1ª ed. — Rio de Janeiro : Suma, 2024.

  Título original: 평형추.
  ISBN 978-85-5651-234-5

  1. Ficção coreana I. Título.

24-208968   CDD-895.73

Índice para catálogo sistemático:
1. Ficção : Literatura coreana   895.73

Tábata Alves da Silva – Bibliotecária – CRB-8/9253

Todos os direitos desta edição reservados à
EDITORA SCHWARCZ S.A.
Praça Floriano, 19, sala 3001 — Cinelândia
20031-050 — Rio de Janeiro — RJ
Telefone: (21) 3993-7510
www.companhiadasletras.com.br
www.blogdacompanhia.com.br
facebook.com/editorasuma
instagram.com/editorasuma
x.com/editorasuma

*Se eu precisasse subir ao céu por uma escada,
teria que recusar o convite.*
Mercedes McCambridge

PRÓLOGO
SANTA TERESA, CALIFÓRNIA

"A sua mãe vai virar uma estrelinha", disse o homem de uniforme cinza à criança.

A criança olhou para a caixa de madeira que o homem estendia na sua direção. Havia ali um frasco de vidro azul com cinzas brancas. A criança tirou a mão esquerda do bolso da calça e acariciou a superfície lisa com a pontinha do dedo indicador. Quando ela tocou acidentalmente em sua mão, o homem se encolheu, como se tivesse levado um choque, ao que a criança deu um passo para trás.

"Não é a minha mãe."

Confuso, o homem conferiu o rótulo no frasco. Estava certo, era a mãe dela. Mas vai saber, né? Cada família tem a sua própria história. Quem sabe, para a criança, a mulher que a trouxe hoje mais cedo é a verdadeira mãe.

Lendo a expressão do homem, a criança balançou rapidamente a cabeça.

"Não é a minha mãe. São só cinzas."

Ah, uma pequena filósofa. A criança está certa. Dentro do frasco está apenas o pó que sobrou de alguns elementos terrestres. O que tanto poderia significar ter sido parte de um corpo humano por uma breve fração de tempo nos bilhões de anos de história após ter nascido em uma supernova? De todo modo, as cinzas serão misturadas aos fogos de artifício que vão disparar hoje, tudo se transformará em chamas no ar, elas deixarão o céu colorido de rosa por alguns segundos, depois se espalharão pelo vento, cada partícula seguindo seu caminho.

A outra mãe da criança chegou. Uma beldade de corpo magro e aparência estonteante. Ela disse que era atriz? Certamente disse que era famosa, mas o homem tinha dificuldade em diferenciar as feições de mulheres asiáticas. A mulher falou para ele, num inglês carregado, que estava difícil alocar o tablet e assinar nele. A caixa de madeira, agora bem fechada, foi movida para uma segunda sala para ser misturada com pólvora.

Naquela noite, quando os fogos de artifício começaram a ser disparados do iate, o fantasma da mãe morta estava sentado à esquerda da criança. As palavras e os gestos da mãe, acumulados no avatar através do programa assistente, faziam o fantasma de realidade aumentada parecer vivo. A criança pensou nas cinzas da mãe, que agora se espalhavam e iluminavam o céu noturno, e sobre o fantasma sentado ao seu lado; nas lembranças da sua mãe, nos livros que ela escreveu e nos vídeos que ela havia deixado. A criança imaginou a mente de alguém que, antes formada por informações, agora ia se dispersando e se decompondo devagar no ar.

Os fogos de artifício também eram a sua mãe. Não porque continham o pó que por um curto período formara o corpo dessa mãe, mas porque o iate, o funeral e os fogos de artifício faziam parte do plano da falecida. O que a criança estava vendo era uma extensão da mente dessa mãe.

O problema era que ninguém esperava ver isso tão cedo.

ATAQUE DO BEIJA-FLOR

Tlim. Tlim. Tlim. Moedas de cinco e vinte e cinco centavos, umas gastas e outras brilhando de tão novas, dançam na mão esquerda de Rex Tamaki. Controlados pelos dedos indicador e anelar, um pouco contorcidos, esses finos discos de metal voam, giram, rolam e saltam uns sobre os outros como se fossem criaturas vivas, com vontade própria.

A dança das moedas termina tão repentinamente quanto começou. Tamaki, que percebe o meu olhar fixo nele, captura com habilidade as moedas que flutuavam e as coloca no bolso da frente da calça, lançando um sorriso para mim, claramente sedutor. Tamaki não é gay. Ele só acha divertido me provocar e testar os meus limites. Sem graça, desvio o olhar.

O interior da aeronave está quieto. Sem melhoradores de ouvidos, não escuto nada além do leve ruído do motor no compartimento ao lado. O aparente silêncio é uma ilusão. Só de olhar os sorrisos cínicos de Tamaki e sua gangue, é possível dizer que estão trocando mensagens. Eles até abriram um canal separado para mim, mas ninguém havia falado comigo desde que entrei na cabine. Pouco importa. Não quero saber de piadas idiotas.

Rex Tamaki é magro em comparação aos colegas de gangue, tão cheios de músculos que mais parecem gorilas. Não se deve confiar nas aparências, porém. Hoje em dia, a força de alguém não é proporcional à sua massa muscular. Desde que perdeu a medalha de ouro nas olimpíadas há quinze anos, por conta de um teste de doping, o corpo de Tamaki continuou se transformando. O que está diante dos meus olhos agora é o corpo de alguém que não segue as regras, que as despreza.

O alarme na minha cabeça marca dez da noite. Nas próximas dezoito horas, a jurisdição do distrito Gondal será transferida do governo Tamoé para o Grupo LK. Nem preciso contar o que fiz durante os últimos três dias, enquanto voava entre ilhas, para que isso pudesse acontecer.

Tamaki e sua gangue, como se tivessem ensaiado, levantam-se dos assentos. Sinto como se o meu corpo estivesse flutuando, e a escotilha dourada na minha frente se abre com um tilintar. O beija-flor, que pairava trezentos metros acima do distrito Gondal, agora desce como um elevador. Pela escotilha que vai se alargando cada vez mais, é possível ver uma vila costeira que parece uma pilha de caixas de plástico sujas.

À medida que a escotilha se alarga e a aeronave desacelera, Tamaki e sua gangue começam a saltar, um por um. Eles pousam silenciosamente nos telhados das construções quinze metros abaixo, de maneira elegante e em nada condizente com o tamanho dos seus corpos, e depois se espalham, desaparecendo pela vila. Permaneço sentado no meu assento, ainda apoiado pelo cinto de segurança e observando tudo de camarote.

O vento quente entra pela escotilha, trazendo o cheiro da vila. Cheiro de comida, de peixe, de excremento, de gente. Em meio a pilhas e mais pilhas de caixas mal distribuídas, milhares de pessoas respiram, comem, cagam, dormem, vomitam, trepam e fazem bebês. Fico enojado.

"Que tal nos divertirmos, Mac?"

Ouço a voz de Tamaki. E assim como acontece com todas as vozes ouvidas através da Minhoca, essa é estranhamente isolada do ruído ambiente. É como se fosse a voz de um deus, mas despojada da sua divindade e mantendo apenas a estranheza.

Uma janela de realidade aumentada se abre na minha frente. Pontos azuis e vermelhos aparecem pela vila. Os pontos azuis são agentes de segurança do Grupo LK e os pontos vermelhos são membros da Frente de Libertação de Patusan — há um mês, em Pala, eles assassinaram três figuras do Partido Dora e um pouco depois fugiram para cá. Mudo para uma segunda janela e inspeciono a cena pela perspectiva dos pontos azuis. Uma espuma branca é atirada no rosto de um ponto vermelho enquanto ele tenta mirar no ponto azul com uma AK-1. Um segundo ponto vermelho, que estava balançando o punho em direção a outro ponto azul, é jogado para trás com um único chute desse mesmo ponto azul e bate na parede. Um terceiro ponto vermelho mordeu o cano da pistola e puxou o gatilho, explodindo metade do rosto. Um ponto azul está lutando contra um grupo de crianças que se agarrou a ele como um cardume em volta de um tubarão.

Volto à primeira janela de realidade aumentada. Agora não há mais pontos vermelhos isolados. Estão todos cercados por pontos azuis e, segundos atrás, começaram a se deslocar em direção a um local marcado como amarelo na vila. Agora são exatamente 11h13. Tamaki previa que a operação fosse concluída em quinze minutos.

O beija-flor permanece com a escotilha aberta e se move em direção ao local marcado de amarelo. É um pequeno terreno baldio que funciona como uma espécie de praça na vila, onde mal cabe o beija-flor, mesmo com as asas dobradas para pousar. Quando descemos, temos apenas um espaço estreito para passar.

Ao desembarcar da aeronave, ignoro os homens amarrados sendo arrastados com o rosto sujo de espuma seca, e vou até uma casa, onde o último ponto vermelho parou. As crianças, que até pouco tempo gritavam como pequenos animais ferozes, mordendo e chutando agentes de segurança, apenas olham para nós, inexpressivas.

A porta da casa está entreaberta. Enquanto um colega de gangue se mantém perto dele, gravando e transmitindo a cena, Tamaki martela um pequeno cano no crânio do morto.

"O que é que você poderia tirar disso?", pergunto.

"É que os mortos lembram mais do que você imagina."

É uma resposta calma.

Deixo-os coletando as memórias do morto e reviso o restante das informações que chegam pela Minhoca. Os dados contidos nos dispositivos dos terroristas capturados são coletados, classificados e organizados. Esfrego as mãos e coço a cabeça, nervoso. O meu corpo nunca vai entender como pode haver tanta coisa acontecendo e, ainda assim, não existir utilidade para minhas mãos.

A maior parte das informações que procuro é sobre espiões internos. O assassinato em si não nos interessa. Como a maioria dos membros do Partido Dora, os mortos são espantalhos. Mais úteis agora do que quando estavam vivos. Há uma razão para o Grupo LK não ter partilhado a informação com o governo de Pala até então, embora tenha confirmado a identidade e a localização dos dois assassinos apenas dois dias após o incidente.

Aparece na minha janela uma lista de 154 pessoas organizada pelos computadores do Ministério da Segurança. Há cerca de trinta nomes relevantes, e o Departamento de Relações Externas, que eu lidero, está interessado em nove deles. Sete são executivos de nível médio do Grupo LK e dois são servidores municipais de Patusan. Todos vão ficar em uma lista de observação. De todo modo, a vida útil das informações que obtivemos é de apenas duas semanas, por isso não há tempo a perder com prisões e explicações.

Após acrescentar os dados resumidos no relatório que envio ao Departamento de Relações Externas, dou uma boa olhada nos nomes e nas fotos das demais pessoas da lista. A maioria é de familiares dos que foram detidos hoje ou de pessoas que foram designadas como alvos. Alguns podem mesmo ter ligações com a Frente de Libertação, mas em geral é apenas uma questão de contabilizar e confirmar nomes.

A lista para de rolar. Uma nova janela se abre e um índice de informações pessoais e fotografias aparece. Um homem de quase trinta anos, que pode ser considerado razoavelmente bonito, mesmo com o penteado sem graça. O nome dele é Choi Kang-woo. Funcionário regular da LK Space e único coreano da lista. Por que salvei as informações dele? Fico confuso por um momento.

Ah, é isso. Agora lembrei. Era aquele cara coreano que não tirou a barba.

O NOVO FUNCIONÁRIO UM TANTO QUANTO SUSPEITO

A primeira vez que encontrei com Choi Kang-woo foi em um café no 17º subterrâneo de Patusan. Todos ficaram bastante ocupados quando Ross Lee apareceu com a ideia de realizar o 232º aniversário de fundação do Grupo LK. Com grande dificuldade, desci para me esconder em um lugar onde nem Ross Lee nem Han Su-hyeon pudessem me encontrar. Enquanto descia a cachoeira de escadas rolantes que liga toda a cidade, deparei com um café de funcionários.

O interior estava repleto de técnicos recém-contratados vindos de Seul e Jeonju. Mulheres e homens vestiam roupas semelhantes e tinham rostos igualmente elegantes, propícios aos negócios. Cada unidade ocupava uma mesa e os pratos escolhidos para o almoço também eram semelhantes, inclusive notei que os movimentos das suas mãos com as colheres e os *jeotgaraks*, os palitinhos coreanos, seguiam um mesmo ritmo. Todos pareciam um pouco intimidados, até mesmo assustados, com o novo ambiente.

Notei Choi Kang-woo apenas por conta das marcas da barba por fazer. Entre os homens coreanos no café, ele era o único que não havia removido a laser os pelos faciais. Para mim, parecia um traço de orgulho mesquinho. Por que continuar com o incômodo de se depilar todos os dias? Insistir em deixar crescer uma barba que não é permitida no ambiente de trabalho? Não seria uma demonstração de que ele ainda é o diferentão da empresa?

Assim que reparei no rosto dele, outros aspectos da sua aparência também me chamaram a atenção. Como disse, Choi Kang-woo era razoavelmente bonito, mas não tão perfeitinho quanto os colegas sentados ao seu lado. O rosto não era tão simétrico, a pele era áspera, e os olhos grandes e a boca o faziam parecer faminto. Não era um tipo rosto de que o Grupo LK gosta. Ele não poderia assumir o atendimento ao cliente, por exemplo.

Por curiosidade, examinei bem aquele rosto e verifiquei as informações pessoais. Que histórico péssimo. A formação acadêmica foi medíocre, e as notas na escola, nada boas. Candidatou-se três vezes para o Grupo LK e acabou sendo aceito. Para surpresa de todos, a nota final no exame de admissão o deixou em segundo lugar. Talvez a empresa tenha achado isso suspeito, já que adicionaram uma entrevista dificílima ao teste, mas Choi Kang-woo passou mesmo assim. Isso me deixou curioso, mas não o suficiente para investigar com afinco. Armazenei as informações pessoais dele na Minhoca e esqueci do assunto.

Então chegamos aqui, passados oito meses, esse nome surgindo subitamente da memória dos assassinos da Frente de Libertação de Patusan.

De volta ao beija-flor, escolho o meu assento, aperto o cinto de segurança e reviso as informações sobre Choi Kang-woo enviadas pela Minhoca. A maior parte do material foi escrita por uma pessoa conhecida pelas iniciais Z. S., que aparentemente procurava por recrutas entre os funcionários do Grupo LK, mas os arquivos estavam desconexos e desorganizados.

Segundo o relatório, Z. S. conheceu Choi Kang-woo perto da foz do rio Jewel dois meses atrás. Choi Kang-woo havia entrado na lama para tirar foto de uma borboleta-cauda-de-andorinha esmeralda que pousara em uma lata de refrigerante descartada, mas ficou preso. Z. S. ajudou Choi Kang-woo a sair e eles acabaram jantando juntos. No dia seguinte, Choi Kang-woo figurava na lista de alvos. Motivo? De acordo com o relatório, de lógica simples e rasa, Choi Kang-woo era um ambientalista (por gostar de borboletas) e todos os ambientalistas eram anticorporativistas. O fato de o plano de construção do elevador espacial de Patusan estar, na realidade, sendo defendido por ambientalistas e os três anos em que Choi Kang-woo lutou sem descanso para ingressar em uma grande corporação como o Grupo LK foram devidamente ignorados. Era função dos superiores se preocupar com tais sutilezas. Parecia mais importante incluir na lista o nome de um funcionário dedicado.

Desde então, Z. S. vinha mantendo contato com Choi Kang-woo. Às vezes visitava o alojamento dele e o apresentava a colecionadores de borboletas e grupos de ativistas ambientais em Patusan. Nem é preciso dizer que várias dessas pessoas eram membros da Frente de Libertação.

O esforço do recrutamento durou cerca de um mês e acabou fracassando. Ao que parece, eles ainda não perderam a esperança de recrutar um funcionário dedicado, mas Choi Kang-woo não era o que esperavam — ele era um funcionário modelo do Grupo LK, e dava um jeito de sair de perto ao menor sinal de qualquer assunto controverso. De acordo com o último relatório, a Frente de Libertação parece ter ficado desapontada não só com essa atitude, mas também com a sua baixa posição na empresa: não era muito mais que um estagiário. Naturalmente, pensaram que ele ocupava uma posição mais alta, já que tinha cinco anos a mais que os colegas. Apesar de todos estarem no mesmo cargo, ele parecia mais velho.

O que fazer agora? Até poderíamos aproveitar a relação de Choi Kang-woo com Z. S. para nos infiltrar na Frente de Libertação. Mas qual o sentido disso? Com as informações que temos, descobrir a identidade de Z. S. e usá-la para investigar os seus superiores sem envolver Choi seria bem mais fácil. Infiltrar um funcionário não treinado para espionar é o tipo de coisa que só funciona em romances antigos.

Decido deixar Choi Kang-woo em paz. São apenas informações inúteis. Não há razão para que saiam do Departamento de Relações Externas. Em caso de dúvidas, basta que eu solicite uma entrevista com ele. No entanto, não há motivos para que eu deixe o futuro dele ainda mais difícil.

PATUSAN

Com o seu formato de cruz, o pequeno país insular ergue-se ao final das ilhas Brierly. Uma floresta tropical moderadamente densa, mas de biodiversidade bastante baixa, o seu centro é caracterizado por um alto vulcão inativo. Conta também com vilas e cidades que foram submersas em lama após drenarem sem avisos os seus aquíferos e, claro, borboletas lindas, mas lindas mesmo.

Patusan era assim antes da integração do Grupo LK.

Há quinze anos, quando o grupo começou os planos para a construção de um elevador espacial no país, a reação geral foi de incredulidade. O Grupo LK já usava skyhooks para enviar anualmente três ou quatro naves para o espaço — e isso era suficiente para que todos acreditassem que a era espacial havia mesmo chegado. Os skyhooks são relativamente fáceis de fazer, além de leves, divertidos e rápidos. Em comparação, os elevadores espaciais — enormes, monótonos e lentos, tal qual um dirigível — pareciam uma quimera do passado. Bonitos e majestosos, mas desnecessários.

O que as pessoas não sabiam é que, enquanto continuava desenvolvendo os skyhooks, o Grupo LK construía também a infraestrutura tecnológica para os elevadores espaciais — que não eram mais uma fantasia na cabeça de antigos escritores de ficção científica, e sim uma estrutura no mundo real que poderia se tornar viável e rentável sem muita dificuldade.

E que lugar melhor para colocar tal plano em prática que um país antigo e em ruínas, com dois terços da população original espalhadas por duas nações insulares vizinhas?

Patusan é agora a porta de entrada para a Terra. Um satélite geoestacionário lançou um cabo de força em modelo aranha que já começou a trabalhar muito antes de aterrissar em Patusan. Depois de chegar à ilha, o cabo foi sendo aumentado, tornando-se mais largo, grosso, longo e complexo. A missão da fábrica na ilha é criar um caminho para o espaço sideral, e o trabalho continuará enquanto a empresa permanecer ativa.

Centrada nessa fábrica, a economia de Patusan está voltando a prosperar. A população, que antes diminuíra para quatro mil residentes, aumentou para oitocentos e noventa mil. Um novo porto e um novo aeroporto foram construídos na costa, e uma nova cidade foi erguida de modo a conectar tudo isso ao topo da montanha em que o elevador espacial pousa. Inúmeras pessoas de todo o mundo estão se mudando para a região vislumbrando um caminho para o espaço.

Nem todos parecem satisfeitos. O país é agora propriedade de uma corporação transnacional. O antigo governo é apenas fachada. Não importa quanto dinheiro o Grupo LK despeje no lugar, os nativos ainda estão insatisfeitos, reduzidos a uma minoria que não se encaixa no sistema da nova cidade. Alguns moradores fugiram para Pala e Tamoé antes da criação do elevador, mas eles também não receberam nenhuma compensação.

É em algum lugar entre essas três ilhas que nasce a Frente de Libertação de Patusan. As bombas continuam explodindo, e as pessoas, morrendo. Mas o dinheiro da Frente nunca acaba, a fonte nunca seca. Diversos outros grupos querem participar da briga, garantindo esse fluxo incessante.

É meu trabalho lidar com eles.

Volto a atenção para a tela na mesa à minha frente. Três rostos me encaram, cada um em uma janela, todas na mesma tela. O rosto magro ao centro é Ross Lee, atual presidente do Grupo LK. Até vinte anos antes, era o engenheiro mais criativo do mundo. Foi graças à ideia genial desse homem que a produção em massa de tubos LK (que funcionam como alicerce dos elevadores) se tornou possível. Mas agora ele não passa de um fantoche, escolhido pela empresa para evitar embargos de figuras contrárias aos conglomerados familiares *chaebol*. Nesse momento, ele poderia estar assistindo ópera ou balé, mas está sendo arrastado para um local onde ficará sabendo de acontecimentos que não lhe importam nem um pouco. O homem de lábios finos à esquerda é Han Su-hyeon, filho do falecido presidente do Grupo LK, Han Jung-hyeok, e atual presidente-executivo da LK Space. Ele acredita já ter se tornado o líder do Grupo LK, mas ainda há um longo caminho a percorrer. A mulher à direita é Nia Abbas, prefeita da capital e segundo nome na linhagem de poder político depois do primeiro-ministro de Patusan. Mas o que exatamente isso significa, dado que todos no governo de Patusan recebem os seus salários do Grupo LK?

"Os suspeitos do assassinato foram presos em Pala há duas horas", reporto. "Nenhuma informação foi fornecida da nossa parte. Ou a polícia de Pala era mais competente do que pensávamos, ou a inteligência indonésia interveio. Também pode ter sido o governo indonésio que apoiou as gangues do distrito Gondal. Posso verificar isso dentro de dois dias.

"Todas as pessoas nessa lista foram colocadas sob vigilância. Não vale a pena interrogá-las, parecem saber pouco. Algumas até pensam ter informações relevantes, mas a organização não é tão vulnerável assim a esse tipo de vazamento. Só observando as partes em ação é que poderemos compreender como funciona o sistema da Frente e o que a está controlando. Não importa como as autoridades interpretam o que aconteceu em Gondal. O importante é que ainda poderemos obter mais informações, não interessa de que lado."

"Isso é mesmo necessário? Não poderíamos ter fornecido informações aos governos de Pala e Tamoé e solicitado a cooperação deles em troca?", pergunta Ross Lee.

"Alguém tinha que sujar as mãos, não é? Melhor sermos nós, do Grupo LK. Seguimos todos os procedimentos legais. Detivemos fanáticos que poderiam cometer terrorismo em nível global. Não é possível evitar todas as baixas. Alguém vai ter que morrer. O Grupo lk apenas tirou uma pequena vantagem de uma situação inevitável. Quem chamaria isso de egoísmo? Ainda mais agora, que a torre do elevador é o bem mais importante da humanidade."

Han Su-hyeon abre um sorriso discreto e concorda. Por conta dos assassinatos em Gondal, sente o poder correndo nas suas veias. Tudo isso foi possível porque ele assumiu a responsabilidade e deu o aval. Quanto mais desconfortável Ross Lee se sente, mais vantajosa se torna a posição de Han Su-hyeon.

A situação se torna enfadonha à medida que a prefeita se apega ao comunicado feito pelo Departamento de Relações Externas. Recito sem qualquer entusiasmo a resposta que já havia escrito e me preparo para sair. É necessário, contudo, acrescentar algumas últimas palavras agradáveis. Algo que faça com que Ross Lee e Han Su-hyeon não me desprezem.

Uma janela de notificação aparece no lado esquerdo do meu campo de visão. Leio a primeira frase e fico sem entender.

"Damon Chu acaba de visitar a h&h Aluguel de Contêineres, em Bandar Seri Begawan."

UM HOMEM QUE MAL EXISTE

Damon Chu trabalha no Departamento de Relações Externas da LK Space há sete anos. Nativo dos Estados Unidos, da cidade de São Francisco, tem mãe coreana e pai chinês. Solteiro, trinta e cinco anos. Trabalha em Bandar Seri Begawan já faz quatro.

A pequena questão aqui é que Damon Chu não existe de verdade.

E não há ironia alguma nisso.

Se de fato existe algum Damon Chu, não importa. Independentemente disso, ele é um dos muitos funcionários remotos do Grupo LK e desempenha o seu trabalho com perfeição. Às vezes é mais útil que os colegas que trabalham em regime presencial. Não tem opiniões, vontades ou desejos de nenhuma espécie que poderiam interferir no trabalho da empresa. É possível enviá-lo a qualquer lugar e dispensá-lo a qualquer momento. É possível até matá-lo se a situação política piorar. Não sei o que os outros pensam, mas, pelo menos para mim, é vantajoso não ter que matar uma pessoa de verdade quando é necessário eliminar alguém. Existem dezessete desses espantalhos só na LK Space, e provavelmente há muitos outros em todo o conglomerado.

Damon Chu é uma invenção minha e do falecido presidente Han. Gosto de pensar nesse espantalho como um filho nosso. Ao elaborar as informações acerca da sua aparência, na verdade, mesclei em mais ou menos trinta por cento da minha aparência e setenta por cento da aparência do presidente Han. Teria sido possível mesclar meio a meio, mas me pareceu um pouco grosseiro.

Ao enfrentarmos um pequeno e irritante problema jurídico, passamos responsabilidades a esse homem inventado, tornando-o uma solução temporária. Resolvido o problema, o deixamos circulando nas veias do Grupo LK. Enquanto isso, Damon Chu foi se tornando um funcionário bastante respeitável, com cento e cinquenta mil créditos internacionais, alguns imóveis e um contêiner H&H. Como o presidente morreu e eu sou o único que sabia a verdade sobre esse homem, tudo que pertence a ele pertence a mim. Encarei isso como um legado que me foi transmitido pelo presidente via Damon Chu. Estou muito ocupado atualmente e não consigo gastar nem o meu próprio salário, mas não deixa de ser satisfatório ter guardados duzentos e dez mil créditos internacionais extras.

Foi esse homem inexistente que visitou a H&H e pegou o que é meu sem permissão.

Confuso, entro em contato com a H&H. Infelizmente, a única informação que consigo obter é a mesma que aparece na minha janela de notificação. No passado teria conseguido ajuda de amigos na polícia de Bandar Seri Begawan, mas isso se tornou impossível agora que todo o sistema operacional da polícia é gerido por inteligência artificial. Existiria alguma outra artimanha? Após matutar por um momento, confiro quem, entre os funcionários que trabalhavam em Patusan, estava na cidade naquele momento. Não que eu acredite que algum dos funcionários tenha feito isso. A ideia é apenas ter um ponto de partida.

Cinco nomes aparecem na minha busca, funcionários que saíram de férias juntos.

Choi Kang-woo é um desses nomes.

Procuro a localização do hotel onde Choi Kang-woo está hospedado. Fica a menos de quinhentos metros da H&H. Confirmo a localização dele ao enviar uma mensagem para o seu telefone. Choi Kang-woo está a cem metros da H&H e caminha em direção ao hotel. Ele só pode ter pegado algum item pequeno, que poderia ser colocado no bolso ou numa bolsa. Mas o quê? Não deve ser o cartaz do *Tintim* assinado por Hergé. O que é um alívio. Isso é meu e não abro mão. O que mais tem lá? Um pouco de dinheiro, alguns móveis caros, um pergaminho em aramaico de autenticidade duvidosa que comprei anonimamente durante a falência do Vaticano, obras de arte obscenas que o presidente não queria deixar para nenhum dos filhos, algumas evidências de atividades ilegais que não posso jogar fora e que não farão mal a ninguém, contanto que sigam em sigilo pelos próximos onze anos. Meu arsenal também fica guardado lá. Não que seja possível que eu vá até Bandar Seri Begawan pegar essa munição caso precise.

Como Choi Kang-woo conseguiu informações sobre Damon Chu? É lamentável quando informações vazam, mas é inevitável. Não existe sigilo perfeito neste mundo. Mas por que Damon Chu? Esse segredo é tão antigo que é praticamente inútil. Se a polícia indonésia encontrasse o contêiner, seria um incômodo, claro, mas não chegaria a se tornar um problema, pois eu só precisaria jogar a culpa nas costas de algumas pessoas já mortas. Acima de tudo, não há razão alguma para que a identidade de Damon Chu seja revelada com tanto descuido.

Analiso as informações sobre Choi Kang-woo mais uma vez. É órfão. A mãe foi uma das vítimas do vírus Crusader, criado por supremacistas brancos norte-americanos e que se espalhou pela Ásia e África há dezessete anos, e o pai morreu num acidente durante uma escalada há oito. O único familiar vivo é a *nuna* dele, uma irmã dois anos mais velha. Essa irmã quase morreu da doença de Azikiwe há quatro anos. O custo do tratamento foi coberto por um seguro-saúde, mas ainda assim é necessária uma quantia significativa de dinheiro para se recuperar por completo da doença e voltar a caminhar normalmente. Ah, sim, o pai de Choi Kang-woo teve algum tipo de conflito com o Grupo LK. Foi um caso bem típico, desses que nos faz lembrar da lição óbvia de que os inventores autônomos devem entrar em uma agência para evitar que as suas ideias sejam roubadas por grandes conglomerados. A invenção do pai de Choi Kang-woo é um dos milhares de componentes que fornecem energia às aranhas que hoje rastejam até o céu de Patusan. A polícia inclusive considerou a possibilidade de a morte do pai ter sido suicídio, e não acidente, mas não se aprofundou na investigação.

Um homem que começa a trabalhar disfarçado no Grupo LK para vingar a morte do pai. Enredo digno de um drama coreano das antigas. Se a informação está assim tão escancarada, porém, não é possível que tenha passado despercebida pela equipe do RH. Houve inclusive uma entrevista adicional dificílima. Ele também passou por testes psicológicos e pelo polígrafo. Fizeram até uma investigação sobre o aumento repentino no seu desempenho acadêmico. A empresa aceitou Choi Kang-woo como funcionário apesar de saber tudo o que eu sabia, ou melhor, muito mais do que eu sabia.

Estaria a empresa, e não a Frente de Libertação, tramando uma conspiração? E se todos esses fragmentos de informações pessoais forem iscas? E se a empresa manipulou tudo isso desde o início para capturar a Frente de Libertação? Não. Impossível. Não há como esse tipo de informação ter passado despercebido por mim, ou mesmo ser criado sem a minha ajuda. Mas... será que não mesmo? E se houver uma conspiração que eu desconheço? E se eu também for tão dispensável quanto Damon Chu? Em que, no fundo, sou melhor do que aquele espantalho? Um apátrida com antecedentes criminais em três países, sem família ou amigos. O presidente Han, que era a minha única rede de segurança, morreu há dois anos, e muitos são os que podem me substituir. Há uma grande possibilidade de que alguém dentro do grupo me veja como nada mais do que as sobras deixadas pelo comando do presidente Han e esteja planejando se livrar de mim.

Após hesitar por um instante, saio do apartamento. Lá fora, observo a capital Patusan, que mais parece uma cachoeira brilhante descendo pela encosta da montanha. O apartamento de Choi Kang-woo fica a setecentos metros, cento e cinquenta metros para cima. Tomo a escada rolante que liga toda a cidade e subo.

Abro a porta com uma chave mestra e entro no apartamento de Choi Kang-woo. Parece um quarto de hotel vazio. De um lado, uma TV ocupa quase toda a parede, uma cama, um sofá e uma mesinha; do outro, uma mesa, uma cadeira e um armário. Nada mais. As únicas coisas que denunciam algum toque pessoal no espaço são uma estátua de cerâmica da Virgem Maria e uma foto de família sobre a mesa.

Na foto, um menino que parece ser Choi Kang-woo quando criança e duas pessoas que acredito serem o pai e a irmã. Ao contrário de Choi Kang-woo, que é bonito, mas um tanto desajeitado em alguns aspectos, a sua *nuna* tem o potencial para se tornar uma clássica beldade. Por curiosidade, pesquisei fotos recentes dela e minha intuição estava certa.

Sento em uma cadeira e olho em volta, para o apartamento vazio. Fecho os olhos e imagino Choi Kang-woo dormindo aqui, assistindo TV e fazendo um ou outro trabalho. Enfio o nariz nas poucas roupas penduradas no armário e sinto o odor corporal que resta ali. Tento capturar a existência desse homem que apareceu repentinamente na minha vida.

Não posso apenas fingir que nada aconteceu ou mesmo deixá-lo se safar assim. Tenho que descobrir a real identidade dele de alguma forma. E o mais rápido possível.

BORBOLETAS E O ELEVADOR ESPACIAL

"Ele disse que se chama dr. Sekewael. É o que me lembro", diz Choi Kang-woo.

Cruzo os braços e me recosto na cadeira. Choi Kang-woo vai se inclinando para a frente enquanto olha fixo para a mesa. A sua expressão de preocupação parece bem real. Se não for, é uma atuação muito elaborada; mas suspeito que esse sujeito não teve oportunidade de aprender esse tipo de coisa.

"Os mais próximos o chamavam de Jack. Acho que Sekewael era o sobrenome da família dele. Não conheço bem as famílias aqui da cidade."

"O que ele falou quando se aproximou de você?", pergunto, mantendo o tom o mais neutro possível.

"Ele disse que era entomologista. E perguntou se eu gostava de borboletas."

"E você gosta?"

"Gosto do quê?"

"De borboletas."

"Ah, sim, gosto. Mas não sou colecionador nem nada. É possível ver tantos tipos de borboletas quanto eu quiser em museus de história natural. Gosto mais das borboletas vivas. Sou um observador. Existem setenta e cinco espécies em Patusan, sendo que quarenta e duas delas vivem apenas nesta ilha. Sempre que tenho um tempo, vou observá-las."

"É um hobby raro."

"Morei no campo bastante tempo. E, por ser tímido, não tinha muitos amigos. Gostava de ficar observando os insetos. Em especial, as borboletas. Até já quis ser entomologista, mas não tinha condições para isso. A minha família era pobre, então tive que ganhar o meu próprio dinheiro o mais rápido possível. E também eu não era um aluno tão bom. Tenho dificuldade para me concentrar em coisas quando não estou interessado. Mas pelo menos conheço um pouco de tudo."

"E ainda assim conseguiu ficar em segundo lugar no processo seletivo da empresa?"

"A minha *nuna* estava doente, então eu tinha que conseguir, era essa a minha motivação. E os critérios da seleção me ajudaram quando passei, eles analisaram apenas habilidades nas quais eu me saía bem. Foi sorte."

"Por que você escolheu esta empresa, mesmo sabendo da experiência ruim que o seu pai teve?"

"Acho que eu queria provar o meu valor. Disse exatamente isso para o entrevistador."

O rosto de Choi Kang-woo, que se alegrara por um momento ao falar sobre as borboletas, ficou mais sombrio. Um rosto incapaz de esconder preocupações, do tipo que o Grupo LK não gosta.

Ele trabalha muito bem. É diligente e perspicaz. Por não ser muito sociável, porém, não consegue se entrosar com os colegas. Costuma ficar na dele a maior parte do tempo e, quando decide dizer coisas aleatórias, acaba estragando o clima. Não é bom de trabalhar em equipe. Por que um cara que poderia trabalhar de casa em Yeongwol, para cuidar da nuna *doente, veio para Patusan?* Foi o que Ha Jeong-rae, líder da unidade onde Choi Kang-woo trabalha, me disse ontem.

Perguntei se o trabalho dele poderia ser feito remotamente. Ha Jeong-rae me respondeu:

Não é bem assim. Quer dizer, ele é uma pessoa talentosa, sabe? Do tipo que não nos importaríamos em manter trabalhando remotamente. Mas ele me parece bastante ambicioso. E tem uma atração pessoal pelo elevador espacial. Até sabe bastante sobre o assunto, bem mais do que o escopo do seu trabalho exige. Ah, ouvi dizer que também gosta de borboletas. Borboletas e elevador espacial. Se você se interessa por essas duas coisas, talvez goste de ficar em Patusan, ainda que não seja muito bom em socializar. E pode ser difícil conseguir uma promoção de cargo com essas características.

Limpo a garganta e reajusto a minha postura.

"Esse autodenominado dr. Zachary Sekewael é um espião da Frente de Libertação de Patusan. Felizmente, você se comportou como um funcionário exemplar em todos os sentidos, Choi Kang-woo. Não deixou escapar nenhum segredo da empresa..."

"Não é como se eu tivesse informações confidenciais."

Choi Kang-woo me interrompe sem muito tato, o que estraga o meu discurso.

"O mais importante é que esse homem, dr. Sekewael, ainda não sabe que foi descoberto. É por isso que você, Choi Kang-woo, é um ativo importante para o nosso Departamento de Relações Externas. Quanto está disposto a cooperar com a empresa?"

"Mas não é como se eu fosse bom em espionar ou algo assim, né? Não sou bom nessas coisas. Fora que sou péssimo para falar em público e não sei lidar bem com as pessoas."

"Você não precisa ser ótimo ator nem nada do tipo. Também não há riscos. E se nos ajudar, podemos transferir você para o departamento que quiser. Que tal trabalhar no Ninho? Se estiver lá, vai poder subir de aranha até a estação e o contrapeso. Você já foi ao espaço desde que chegou aqui?"

Segurei uma risada ao ver o rosto de Choi Kang-woo se iluminar subitamente. É, meu amigo, você não tem talento mesmo para ser espião.

Depois do meu interrogatório, pergunto se Choi Kang-woo gosta de comida tailandesa e ele assente, meio que sem pensar. É assim que acabamos no Siam Sunset. Reservei a mesa da janela dois dias atrás, já sabendo que aquele peixe morderia a minha isca. O restaurante fica no ponto mais alto de Patusan e, quando o clima está bom, é possível ver um terço da ilha de lá, até a ponta de Pala.

Enquanto comemos, vou extraindo as histórias de Choi Kang-woo pouco a pouco. Existem apenas três tópicos significativos na vida desse sujeito. A irmã, as borboletas e o elevador espacial. A irmã e as borboletas eu até entendo. Mas por que o elevador? Por que escolheu a LK Space, uma das filiais mais concorridas no Grupo LK, e veio para Patusan? Será que já se interessava por isso antes?

"É porque a invenção do seu pai está sendo usada aqui?", pergunto com cautela.

"Pode até ser, mas não tenho certeza. No começo, eu sabia que o elevador existia e só. Também sabia que quando o elevador fosse construído, muitas coisas boas aconteceriam... Viagens espaciais, melhor controle climático. Mas assim que decidi entrar na LK Space, comecei a pesquisar e fiquei fascinado. Como se tivesse aberto uma porta na minha mente. Gostaria de poder usar uma analogia melhor, mas não sou bom nisso."

"E agora?"

"Gosto tanto do elevador quanto das borboletas. Às vezes até mais. Falei isso durante a entrevista e todos pareceram gostar. Será que foi por isso que fui escolhido?"

Quando o álcool entra, a verdade sai. Choi Kang-woo falou de Konstantin Tsiolkovski a Mika Vettel, da história de inúmeros cientistas e engenheiros ligados aos elevadores espaciais, da história de Patusan, da história do Grupo LK e do futuro brilhante que temos à nossa frente. Ele falou com tanta paixão que senti como se tivesse entrado numa dessas igrejas protestantes coreanas que aparecem em filmes antigos.

Mas alguma coisa não parece certa. Não é estranho que ele goste de borboletas e de elevadores espaciais. Até aí, tudo bem. Mas ao falar sobre os elevadores espaciais, Choi Kang-woo se transforma em outra pessoa. A expressão sonhadora e um pouco atordoada desaparece. Uma pessoa meticulosa, organizada e impositiva se revela. No momento em que agita os braços, criticando as medidas do Grupo LK, parece ter esquecido que não passa de um funcionário de baixo escalão, sempre correndo atrás dos engenheiros mais experientes.

    Me sinto estranho. Há algo vagamente familiar no tom e na atitude desse homem. Mas o quê?

COMO USAR UMA ISCA HUMANA

O verdadeiro nome do dr. Zachary Sekewael, o infame Z. S., é Neberu O'Shaughnessy. Nascido em Pala, tem também cidadania irlandesa e sulaca. É possível que tenha pelo menos mais três identidades, cada uma com duas ou mais cidadanias. Algumas pessoas não têm país algum, enquanto outras têm tantos.

Sem qualquer interesse em borboletas ou elevadores espaciais, O'Shaughnessy é funcionário de uma empresa chamada Green Fairy, com sede em Vientiane. Só pelo nome pode parecer que trabalha com venda de licores sofisticados, mas é uma empresa de segurança. Ou pelo menos por fora, por dentro é uma organização de espionagem. Embora seja especializada em espionagem industrial, a Green Fairy não é preciosista ao escolher os seus clientes. Só sei disso que porque o Grupo LK contratou os serviços deles por um tempo. Já não terceirizamos mais esse tipo de trabalho, mas há oito anos as coisas eram bem diferentes.

Contudo, o cerne da informação não muda. A única diferença é que agora sabemos que a Green Fairy está trabalhando para a Frente de Libertação. Não há mais necessidade de nenhuma ação de Choi Kang-woo, pois tanto a Frente quanto O'Shaughnessy perderam o interesse nesse homem insignificante há muito tempo. O único motivo para que eu continuasse a perseguir tal assunto seria curiosidade pessoal, certo?

Errado. Exatamente três dias após o meu encontro com Choi Kang-woo, recebo uma mensagem em que ele avisa que o dr. Sekewael voltou a Patusan e já o convidou para uma reunião no dia seguinte. Quais seriam as minhas instruções para Choi Kang-woo?

Já calculamos os próximos passos da Frente de Libertação: após a operação em Gondal, devem estar reavaliado as próprias possibilidades diante do nosso sistema de inteligência. Já devem ter adivinhado que descobrimos a relação entre O'Shaughnessy e Choi Kang-woo — e o valor do último, que até pouco tempo era insignificante, aumenta de forma substancial. Eles sabem que poderíamos manipular O'Shaughnessy por intermédio de Choi Kang-woo, e as variáveis dessa ação seriam incontáveis. Por exemplo, poderíamos voltar a usar os serviços da Green Fairy, assim como eles. E esse pode até ser o objetivo da Frente de Libertação.

Em meio a tantas possibilidades nebulosas, uma coisa é certa: Choi Kang-woo precisa aceitar o convite de O'Shaughnessy.

Depois de lidar com a burocracia necessária, consigo convocá-lo para o Departamento de Relações Externas. Todos sabem que tal departamento não passa de uma organização espiã de inteligência corporativa, então não me incomodo em inventar um bom motivo para trazer um técnico novato como Choi Kang-woo. Para o bem de todos, o melhor é reduzir ao máximo os artifícios desnecessários. Enquanto ele nos acompanha, alguém batuca numa mesa e assobia no ritmo de uma melodia conhecida: a música-tema de uma antiga série britânica de filmes de espionagem que poucos assistiram mas cuja melodia é famosa.

A minha subordinada direta, Miriam Andretta, e eu nos revezamos para passar as informações para Choi Kang-woo, mesmo que de forma condensada. O problema é que a conspiração vai se complexificando enquanto as explicações vão se tornando cada vez mais frágeis. Ele precisa apenas seguir exatamente o que dissemos e de informação suficiente para não ficar com dúvidas desnecessárias.

Miriam insere um pequeno aparelho de escuta na orelha dele e gruda uma câmera que também capta som na camisa havaiana horrenda que ele está usando. A empresa implantou nele uma forma de acessar diretamente a Minhoca, mas não há necessidade de invadir o cérebro de uma pessoa para essa operação. A única vantagem seria uma informação visual bem mais precisa, mas é importante manter alguma distância psicológica com colaboradores sem treinamento.

Assim que concluímos os preparativos, Choi Kang-woo sai do prédio e desce até a praia. Ele vai devagar, trocando de escada rolante de tempos em tempos. Miriam e eu o seguimos a cerca de cem metros. Em nosso campo de visão, janelas digitais exibem as imagens da câmera adesivada a ele e informações vindas diretamente de nossa central.

O sistema de monitoramento e os drones de segurança da ilha já confirmaram a localização do autodenominado dr. Sekewael. Em uma das janelas, vejo o perfil de um homem baixo com chapéu de palha — daqueles comprados em ambulantes na praia — sentado em um banco na areia e encarando as ruínas da cidade. Quando Choi Kang-woo se aproxima, conseguimos a imagem frontal de Neberu O'Shaughnessy. Sem dúvida é o rosto de um vigarista profissional, com implantes subcutâneos que lhe permitem mudar de aparência em segundos, sempre que necessário. Provavelmente tem mais de cinco conjuntos de impressões digitais, mas, como sabemos sua identidade, não é difícil desmascarar o disfarce.

Olhando-se de frente, ambos seguram copos de aço inoxidável com Diabolo de menta e começam a conversar sobre borboletas. Dr. Sekewael retornou à ilha por conta de uma descoberta muito importante: um parente que morrera havia pouco deixou de herança, dentre outras coisas, um diário (escrito em francês por um marinheiro polonês no final do século XIX) e uma coleção de borboletas (uma delas de uma espécie extinta no início do século XX). Embora não estivesse em excelentes condições, a coleção estava preservada o suficiente para que o Museu de História Natural de Patusan fizesse a extração do DNA e restaurasse a espécie. Não era maravilhoso?

Tudo mentira. O programa de reconhecimento de expressões faciais revela que O'Shaughnessy está recitando falas memorizadas. Os olhos não param de desviar do rosto de Choi Kang-woo, muitas vezes se detendo em alguns pontos — o que indica que ele sabe que estamos observando. Às vezes, O'Shaughnessy se detém na câmera presa à camisa de Choi Kang-woo por um ou dois segundos, mas não temos como saber se ele está ciente de que há uma câmera ali.

O'Shaughnessy se levanta e diz que vai mostrar o espécime que trouxe. Choi Kang-woo o segue. Acompanho com um pouco de distância, revisando as informações que chegam nas duas janelas. Como agora não consigo mais ler as expressões faciais dos dois, a minha previsão do comportamento deles fica limitada. A IA do departamento me fornece alguns caminhos prováveis. Um mapa surge no meu campo de visão, e diversas linhas amarelas aparecem entre os dois e o hotel onde O'Shaughnessy está hospedado. Esse não é o mesmo hotel em que ele já ficou tantas vezes. Não há lei alguma dizendo que alguém deve se hospedar sempre no mesmo hotel, mas é preciso suspeitar de todas as escolhas diferentes do usual. As linhas amarelas vão desaparecendo uma a uma. As que sobraram não representam os trajetos mais curtos até o hotel. Talvez ele queira olhar um pouco mais para as ruínas e o mar. Não seria impossível.

De repente, uma linha amarela se projeta em direção ao mar. No outro extremo, vejo flutuar uma aeronave não tripulada, provavelmente de Pala.

É uma rota de fuga.

Inúmeras possibilidades que não haviam passado pela minha mente começam a surgir. Até agora, acreditávamos que O'Shaughnessy via Choi Kang-woo como um peão nosso. Ambos os lados estavam mostrando as próprias cartas e tentando entender a situação, por isso pensamos que a isca que enviamos o entreteria por um tempo antes de ser mandado embora. Contudo, a existência de uma nítida rota de fuga não se encaixa nessa hipótese.

Pode não ser uma rota de fuga. Talvez a aeronave, um ecranoplano, esteja esperando turistas para um passeio na praia. Mas e se for uma rota de fuga? O que O'Shaughnessy estaria planejando? Um sequestro? Considerando a diferença física notável entre os dois homens e o fato de estarem ambos cientes da nossa vigilância, isso seria um disparate. E por mais que conseguissem embarcar no ecranoplano, seria impossível escapar da polícia de Patusan.

As linhas amarelas continuam desaparecendo, fazendo com que a linha da rota de fuga fique cada vez mais nítida. Agora os dois caminham por um quebra-mar deserto. O bom senso me diz para esperar e entender as intenções de O'Shaughnessy.

"Corra, seu idiota!", grito enquanto saio em disparada atrás dos dois homens. Miriam, ao ouvir o meu grito, fica sem saber o que fazer, então corre também. Choi Kang-woo para abruptamente, depois se vira e começa a correr na minha direção. O'Shaughnessy faz o mesmo — e está segurando algo na mão esquerda. Claramente uma arma, ainda que de cano curto. Tentamos evitar ao máximo a circulação de armas em Patusan, mas não podemos impedir a produção de armas por impressoras.

Choi Kang-woo tropeça em uma pedra saliente e cai de cara no chão. O'Shaughnessy senta na bunda do homem caído e empunha a arma. Atiro em seu ombro. Duas agulhas cromadas se projetam, acertando ombro e peitoral. Em espasmos, O'Shaughnessy cai no chão e o cano em sua mão sai rolando em direção ao mar.

Choi Kang-woo se levanta meio sem equilíbrio. Está com uma expressão atordoada, ainda em choque pelo ato de violência repentina, baba escorrendo do canto esquerdo da boca.

Um clarão surge do mar, espirrando água para todos os lados. A aeronave explode. E, ao mesmo tempo, ouvimos o grito de O'Shaughnessy. Mas cinco segundos depois, o grito cessa subitamente. O olho esquerdo do homem de repente fica vermelho e começa a sangrar.

Algo dentro do seu cérebro acabou de explodir.

A PRIMEIRA INSPEÇÃO

"Um extrator de Minhoca."

Tiro a longa ferramenta de metal do bolso de O'Shaughnessy e aceno para os três rostos que me encaram na tela.

"Nossa equipe não foi percebida, pois não caminhou junto ao quebra-mar, mas já recuperamos o objeto que caiu na água. Era uma arma elétrica com duas balas. Bastante eficaz, embora tenha sido montada de forma grosseira. Como a intenção era apenas apontar e atirar, não havia necessidade de se preocupar com o design ou coisa do tipo. Demoraria dez segundos para derrubar Choi Kang-woo com essa pistola improvisada e outros dez segundos para remover a Minhoca com o extrator, totalizando vinte segundos. Se ele tivesse terminado o trabalho e corrido em trinta segundos, poderia ter chegado à aeronave. Ainda seria impossível escapar impune, mas é bem provável que ele conseguisse levar a Minhoca arrancada até algum ponto e entregá-la a algum comparsa. O destino, inclusive, poderia ser outro que não Pala."

"Dá tempo de fazer tudo isso em vinte segundos?"

Como Ross Lee dirige a pergunta a mim, pressiono o botão do extrator para demonstrar. Uma cobra metálica com a cabeça em formato de flecha sai do extrator e estala a mandíbula ao abrir a boca.

"Dá e sobra. Aplicando diretamente no olho esquerdo, levaria cinco segundos. A Miriam já fez o teste."

"Por que diabos alguém faria isso? Ainda mais com um funcionário de baixo escalão como Choi Kang-woo."

"Boa pergunta. A empresa fez uma verificação na Minhoca implantada nele e não encontrou um único vestígio de dados ou qualquer outra informação que alguém pudesse achar relevante. Até checamos se tinha outra Minhoca no cérebro dele, mas não tinha. Não sei que informações levaram O'Shaughnessy a fazer isso, só sei que estavam equivocadas.

"O problema é que não sabemos como eles receberam informações tão erradas assim. Podemos supor que se apegaram à ideia de que Choi Kang-woo guardasse rancor da empresa, mas ainda é difícil chegar a pensar que a Minhoca no cérebro dele tenha algo útil a oferecer."

"Não é possível que Choi seja um espião?", pergunta Han Soo-hyeon.

"Quando entrou na empresa, ele passou por milhões de testes. Com certeza por causa do pai. Muito difícil um espião ser aprovado em todos, mas não impossível. Ainda assim, Choi Kang-woo teria tido acesso a qualquer informação confidencial significativa de Patusan? Duvido. Até porque não teve tempo hábil para ser treinado como espião antes de ingressar na empresa. A menos que, como acontece nos dramas de TV, tenham feito um clone dele e o substituído. Você quer que eu verifique isso também? Se estiver muito curioso, posso dar uma olhada. Em situações como essa, podemos apelar para quaisquer medidas extremas, excluindo assassinato."

"Por que Sekewael ou O'Shaughnessy ou quem quer que seja aquele cara assumiu essa missão? Ainda mais sem ter qualquer chance de escapar", diz a prefeita Nia Abbas.

Ela não está tão interessada na discussão, mas parece ansiosa em se fazer ouvida entre os homens.

"Acredito que ele estava sendo controlado pela Minhoca. Esse tipo de controle não existe apenas na ficção científica. Claro, seria preciso passar por um processo de manipulação psicológica antes, mas um simples botão na Minhoca daria o gatilho para o comportamento pré-programado. É isso que sei, por enquanto. Talvez as Minhocas possam até fazer mais agora. Ou seja, independentemente do sucesso de O'Shaughnessy, a bomba no seu cérebro iria explodir. Ele estava condenado à morte.

"A questão que permanece é se ele foi morto pela Frente de Libertação ou por outra pessoa. Eu apostaria em outra pessoa. Vendo as reações da Frente, parece que nem eles conseguiram prever toda essa situação. É como se tivessem enviado O'Shaughnessy em outra missão, e o sujeito tivesse enlouquecido de repente. De qualquer forma, a Frente de Libertação nada mais é do que uma ferramenta controlada por numerosos interesses. Qualquer ação seria plausível nesse cenário, mas dessa vez alguém agiu sem comunicar a Frente de Libertação.

"Quais serão nossos próximos passos? Primeiro, entrar em contato com o pessoal da Green Fairy. Não vai ser muito agradável, já que acabaram de perder um funcionário. Há uma chance de estarem por trás disso, mas é pouco provável. Pelo que sei, esse não é o tipo de lugar que trata os funcionários dessa forma, ainda mais os muito antigos. Também estamos enviando pessoas para rastrear os últimos passos de O'Shaughnessy, quem sabe não surge algo daí.

"Já nosso funcionário Choi Kang-woo permitiu que instalássemos um dispositivo de monitoramento na Minhoca e no telefone dele. Agora saberemos exatamente onde ele está, em tempo real, e é impossível que faça algum contato sem que a gente saiba. De qualquer forma, ele não tem a quem contar o que aconteceu, a não ser a irmã que mora em Yeongwol."

Depois de mais conversa sem sentido, o trio desaparece da minha tela. No lugar deles, vejo uma enorme e horrenda pintura a óleo do parque de Yellowstone antes da Grande Explosão. O meu senso estético fica abalado cada vez que encaro essa pintura, mas nunca penso em trocá-la. Preciso do estímulo gerado pelo desconforto.

Afundo no sofá e olho ao redor. Encaro a parede bege, a janela com vista para as árvores e o mar, a porta de entrada, os armários, o banheiro e uma porta marrom que dá acesso ao quarto. Nada mudou nos últimos sete anos. Um espaço onde o tempo não se acumula. E se nada de especial acontecer, é capaz de permanecer assim também pelos próximos sete anos.

Verifico a localização de Choi Kang-woo. Saiu do hospital e agora está no seu apartamento. Um espaço menor, mas não muito diferente do meu e igualmente sem personalidade. Desde a minha última invasão, ele agora abriga um novo item: uma escultura de madeira em forma de ovo com corpos nus entrelaçados como cobras. Esse objeto vulgar, com cerca de dez centímetros de altura, está agora ao lado da cama dele. Tudo o que Choi Kang-woo tirou do contêiner de Damon Chu naquela noite foram esse ovo obsceno e um pacote com notas no valor de oito mil créditos. Nem consigo chamar isso de roubo. Me parece mais que ele estava testando a própria força.

É confuso. Choi Kang-woo é um sujeito simplório para qualquer padrão. Fala e pensa sem sofisticação e não esconde nada. Passou com facilidade no polígrafo que a equipe do RH aplicou. Em circunstâncias normais, eu nem saberia da existência dele. Mas esse sujeito simplório passou em segundo lugar no exame de admissão para a LK Space e agora faz uso de segredos que só o falecido presidente Han e eu conhecíamos. Será que ele também sabia quem controlava o falso dr. Sekewael?

Ele pode até passar despercebido pelas pessoas, mas uma IA consegue reconhecer padrões, como se uma névoa de anormalidade pairasse sobre o sujeito.

Um fantasma, acredito. Ou alguma outra coisa está controlando Choi Kang-woo. Mas se não está na Minhoca, onde mais pode estar?

ENCONTRO COM A BRUXA VERDE

Houve uma época em que Pala era chamada de "o penico de Patusan". E foi isso mesmo durante algum tempo, pois antes de Patusan criar o seu próprio sistema de tratamento, todos os seus resíduos eram levados para lá. No entanto, durante esse mesmo período, Pala foi responsável por trinta por cento dos alimentos consumidos em Patusan, índice que agora aumentou para cinquenta por cento. Poderiam dizer que isso valeria um apelido melhor, mas aí não teria graça. Sem o lixo de Patusan, Pala é apenas Pala.

A vista da suíte no 21º andar do hotel Fairmont é única: fábricas que processam arroz e outros produtos (como vegetais, frutas, salmão, bacalhau, proteína em pó e similares) dispostas como que em um tabuleiro de xadrez, e a usina nuclear ao centro. Não são visíveis daqui a costa norte de Pala — alinhada aos edifícios governamentais e áreas residenciais — e a costa oeste — onde fica a maior parte dos residentes vindos de Patusan. Em quilômetros, Patusan está mais perto daqui do que a própria costa oeste da ilha.

Com uma expressão triste no rosto alongado, tal qual uma pintura de Modigliani, Sumac Graaskamp está sentada em uma cadeirinha de madeira em frente à mesa, lendo o relatório policial referente a Neberu O'Shaughnessy. Graaskamp — vice-presidente da Green Fairy e comumente chamada de "Bruxa Verde" pelos mais diversos profissionais do setor — é responsável por quase tudo na empresa, exceto pelo trabalho oficial de segurança. Isso também significa que ela é direta ou indiretamente responsável por todas as mortes e desaparecimentos suspeitos ligados à empresa. Contudo, encontrar um vínculo direto entre tais ações e a empresa é complicado, além de cansativo, e ninguém dá tanta atenção assim àqueles que morreram ou desapareceram após passarem pelas mãos da Green Fairy.

Esta manhã, a empresa apresentou o álibi perfeito à polícia de Patusan. *Há meses, O'Shaughnessy vinha operando como segurança para diversos agentes afiliados à Frente de Libertação de Patusan. Não importa o que pensem ou façam, todos merecem segurança. Não sabemos o motivo de O'Shaughnessy trabalhar como espião para a Frente. Não temos qualquer envolvimento nisso. Há muito cortamos laços com essa organização.*

É claro que a polícia não acreditou em tudo, mas a maior parte da história deles tinha comprovação.

"Não matamos O'Shaughnessy." A voz profunda e grave de Graaskamp chega por trás de mim. "Você pode até não acreditar em mim, mas essa é a verdade, Mac. Não tratamos nossos funcionários dessa forma. Ainda mais O'Shaughnessy, que era um talento único. Seria um desperdício jogá-lo fora assim. Ele era ótimo em seu trabalho, mas você faz ideia do quanto investimos no corpo e no cérebro dele? A última cirurgia de inserção foi há apenas uma semana. Vamos remover tudo o que puder ser reciclado antes de enviarmos o corpo dele para a desintegração, mas o nosso prejuízo aqui é bem significativo."

"Não acha que alguém poderia ter mexido nele durante essa última cirurgia?", pergunto.

"Acha mesmo que não contrataríamos a melhor pessoa para fazer a cirurgia de modificação de um agente nosso? E esse problema é muito mais do que apenas hackear uma Minhoca. Sei que isso está sendo feito há pelo menos um ano. Eles podem não ser os mais qualificados, mas têm dinheiro e tempo suficientes."

"Tem certeza de que eles não são da Frente de Libertação?"

"Você sabe que não são. Não parece o estilo de ninguém que conhecemos. Pelo menos não nós da Green Fairy. Você realmente não faz ideia de quem possa ser? Esse novo funcionário de vocês é tão insignificante quanto diz esse relatório aqui?"

"É."

Graaskamp estreita os olhos e aponta para mim com o indicador direito ossudo.

"Isso não está cheirando bem, Mac. Alguma coisa estranha está acontecendo. Não pense que vamos deixar passar sem explicações. E saiba que não somos os únicos farejando a confusão, hein? Se quiser continuar protegendo o seu amiguinho, é melhor escolher um lado rápido."

"E se esse amigo for mesmo importante e eu pedir a sua ajuda, você ajudaria?", pergunto com cautela.

"Não sei, Mac. Está complicado assumir compromissos assim. Se você dá algo, deve receber algo em troca. E tudo o que queremos é informação. Você pode me dar isso?"

Não respondo. Graaskamp ri como se já esperasse essa reação, depois se levanta e abre a porta para que eu saia. Caminho até o elevador sob os olhos atentos dos dois seguranças parados no corredor.

Após sair do hotel, vou para o porto. O sol está se pondo. Um grupo de adolescentes magricelas, que parecem ter cerca de quinze anos, pesca em barcos feitos de blocos multifuncionais. Provavelmente são de Patusan e vivem na costa oeste. Depois que Pala se tornou a fábrica de alimentos de Patusan, os poucos pescadores que restavam trocaram de emprego ou se mudaram para Taprobana, mais distante ainda de Tamoé. Todas as pessoas que pescam nesse mar são nativas de Patusan. Ainda assim, um terço delas não conseguiu se assimilar ao sistema de Pala. Até a eletricidade delas é separada — uma energia maremotriz que provém de sete geradores que se estendem pela costa como os tentáculos de uma lula em direção ao mar.

A maioria dessas pessoas está direta ou indiretamente ligada à Frente de Libertação, mas é difícil afirmar que elas simpatizam ou se envolvem com a organização. Desde o princípio, a Frente foi um grupo difuso. Não existe um ponto central, nem um objetivo comum, e há muita interferência externa. O assentamento de Patusan em Pala não tem nenhuma ligação com a criação da Frente — o que os une não é a ganância ou uma ideia vaga de patriotismo que os possa representar, mas a teimosia e o romantismo. São um grupo de nerds desajeitados tentando provar que podem sobreviver de maneira independente, sem a ajuda de sistemas corporativos e conglomerados, em um mundo que mudou completamente após a Grande Explosão. E esta não foi a primeira vez que um grupo como o deles se estabeleceu em Pala.

O presidente Han desprezava esses ideais. Uma vida em harmonia com a natureza era uma fantasia sem sentido mesmo antes da Grande Explosão. Os humanos não conseguem deixar de ser destrutivos com a natureza, e o melhor que podem fazer por ela é se manter longe.

Quando mais jovem, o presidente Han era obcecado pela ideia de implementar uma arcologia perfeita. Com a criação da LK Space, sua obsessão passou para os *skyhooks* e os elevadores espaciais, mas isso não significou o desaparecimento dos seus interesses anteriores. Tal qual uma cachoeira que desce a montanha, a cidade de Patusan era estruturada como um enorme edifício conectado que, em teoria, era completamente autossuficiente (mesmo se precisasse ser isolado). Optamos por entregar a produção de alguns itens essenciais para Pala apenas por razões diplomáticas.

Durante os últimos anos da vida do presidente Han, demos o nosso melhor para cuidar das pessoas de Patusan que viviam em Pala. Não era possível oferecer nenhum subsídio direto, mas empregamos essas pessoas nas fábricas de Pala e doamos anonimamente para a construção dos geradores de energia maremotriz. Na época, acreditávamos que só nos sentiríamos bem se as pessoas de Patusan estivessem satisfeitas com a vida em Pala. Não tenho muita certeza disso agora. À medida que a Frente de Libertação foi perdendo a sua conexão com as pessoas no mundo real, foi também se tornando uma entidade mais imprevisível e amorfa. Não havia como neutralizá-los com segurança. Fomos então forçados a admitir que grupos de pessoas não podem ser controlados assim tão facilmente.

Embarco na balsa faltando cinco minutos para a partida. As balsas que conectam Pala e Patusan circulam em trilhos colocados no fundo do mar, como trens de água. Os poucos passageiros estão todos no convés observando o sol desaparecer atrás da ilha de Pala.

A Bruxa Verde está certa. Não podemos mais ignorar que Choi Kang-woo é estranho. As numerosas forças que vigiam Patusan vão sentir o cheiro de sangue e se aglomerar na ilha como moscas. Aqueles que pensam conhecer o segredo de Choi Kang-woo vão se apressar. Em meio a tudo isso, será que esse sujeito conseguirá sobreviver?

E eu? Será que conseguirei sobreviver?

"VOCÊ SEMPRE PENSOU ISSO. MESMO QUANDO EU DISSE QUE NÃO ERA ASSIM."

Choi Kang-woo e eu estamos sentados no escritório que aluguei temporariamente para o Departamento de Relações Externas. Miriam, que estava comigo até pouco tempo, saiu para conversar com o Departamento de Segurança. No geral, é uma pessoa calma e um tanto fria, mas quando o assunto envolve Rex Tamaki, as coisas mudam. Mesmo agora, ela acredita que esse homem, que foi o seu amante por um ano e o seu inimigo nos últimos dois, está escondendo informações apenas para irritá-la. E talvez esteja certa. Não porque ainda tenha sentimentos por Miriam, mas por ele achar divertido irritar alguém que se incomoda com esse tipo de coisa.

A sala está vazia, exceto por uma mesa e cinco cadeiras. Como a maioria das janelas em Patusan, tem vista para o mar e as árvores. A única diferença é a elevação.

Com exceção de um machucado fino no pulso esquerdo, de quando caiu, Choi Kang-woo está bem. Considerando tudo o ele que passou anteontem, a expressão atordoada ou a perna esquerda balançando com fervor são até normais.

"Aquela borboleta era real", diz Choi Kang-woo.

"O que disse?"

"O diário escrito pelo marinheiro polonês e a coleção também. Entrei em contato com a polícia só por precaução, e eles me disseram que o diário e a caixa de borboletas estavam mesmo no hotel. Até mandei um pessoal do museu para lá. Disseram que as borboletas vão para o museu assim que as questões legais forem resolvidas. Disseram."

Assinto sem pensar muito. Não faço ideia de para onde vai o DNA de uma borboleta extinta. Contudo, não deixa de ser admirável toda essa dedicação vinda de uma pessoa morta. O cuidado de usar uma coleção real para sustentar uma mentira de apenas alguns minutos. Ou não foi uma mentira? Teria O'Shaughnessy passado a se interessar por borboletas enquanto se passava por dr. Sekewael? Havia algo importante escondido na relação que esses dois homens estabeleceram em torno das borboletas?

O balançar nervoso da perna esquerda para. Choi Kang-woo olha silenciosamente para as mãos sobre a mesa e, de súbito, abre a boca.

"Eu... eu posso mesmo ir para o último andar?"

Como devo responder a isso? Pensei de fato em mandá-lo para lá. Pretendia fazer com que cumprisse algum papel junto à Frente de Libertação, fingindo ser alguém mais plausível e útil. Mas O'Shaughnessy enlouqueceu e o plano foi pelos ares. Choi Kang-woo ainda é um ativo importante para mim, mas se devo ou não manter essa promessa é outra questão.

Nada me impede de enviá-lo para o Ninho. Lá de cima, é possível ver os cabos e as aranhas de perto — dá até para se sentir mais próximo do espaço —, mas isso não quer dizer que coisas importantes só aconteçam por lá. O que realmente pesa é a simbologia do nome e da altitude. Para pegar emprestado uma palavra do vocabulário coreano, é tudo uma questão de *gibun*, ou "sentir". Eu poderia inventar algum motivo para enviar um novato como Choi Kang-woo para trabalhar lá.

O mais importante é a ilha em si. No início, não se via necessidade para uma ilha na linha do equador. Pensavam que bastaria instalar uma plataforma marítima em algum lugar em alto-mar e conectar o cabo. Disseram até que não havia necessidade de conectar o cabo a uma base terrestre. Mas as ambições da LK Space eram maiores. O presidente Han queria expandir elevador. Queria mais cabos, mais aranhas. Queria fábricas que produzissem a infraestrutura para suportar tudo isso. A ilha era necessária e, por acaso, era um lugar onde um resort havia fracassado e sido abandonado.

"Nossa operação acabou", respondo com calma. "Não esperávamos que fosse acabar assim, mas foi o que aconteceu. Não há nada que um funcionário como você possa fazer por aqui agora. Contudo, como tentaram matar você, não podemos apenas enviá-lo de volta. Precisamos descobrir o que aconteceu. Voltaremos a falar sobre o último andar quando a situação estiver resolvida. Será possível se você realmente quiser. Haverá um espaço vago. Quer tanto assim ir para lá?"

Ele assente.

"Mesmo que não tenhamos incentivado você a princípio?"

"O meu objetivo primordial sempre foi o Ninho. Mesmo que você não consiga me ajudar com isso, vou me candidatar para subir até lá."

"Por que não pode apenas subir lá e olhar, como um turista?"

"Isso não seria o suficiente. Coisas muito incríveis estão acontecendo lá em cima."

Ele prossegue com os elogios ao último andar, surpreendentemente longos e apurados. Vários termos técnicos dançam, saltam e correm na sua fala. Uma detalhada imagem tecnológica me é apresentada, como uma pintura feita por palavras. Não entendo metade do que ele diz, nem tenho certeza de que está certo, mas admiro a paixão e a fluência dele no assunto. Ainda mais porque tudo isso não se encaixa em nada na imagem do Choi Kang-woo que conheço. A paixão dele por elevadores espaciais — refinada, perfeita e tenaz — é diferente da fixação por borboletas. É, acima de tudo, o vocabulário riquíssimo que me surpreende.

Ou seja, isso não é Choi Kang-woo. É algo que não existia há alguns anos. Algo alienígena e desconhecido se esconde no coração do amante de borboletas sentado à minha frente. Foi esse mesmo algo que levou Choi Kang-woo à LK Space. Algo que quem manipulou Sekewael/O'Shaughnessy achava que encontraria na Minhoca de Choi Kang-woo.

Convido Choi Kang-woo mais uma vez para jantar. Mas agora vamos na direção oposta: descemos da cidade nova e nos aproximamos das ruinas da cidade submersa, adentrando a vila dos nativos, alinhada em meia-lua ao centro. É um mundo onde os cheiros de peixes mortos, especiarias fortes e o suor das pessoas perfuram as narinas, tudo muito real. Arrancamos com os dentes pedaços de carne de peixe grudada em escamas queimadas e bebemos cerveja. E quando duas mariposas circulam a luz amarela, o entomologista escondido na cabeça de Choi Kang-woo volta a aparecer. Claro que ele dá início a uma palestra sobre lepidópteros, e é uma pessoa em tudo diferente da que estava conversando comigo há poucas horas. Tímido, lento, um tanto preguiçoso, relaxado e comum. É difícil explicar essa diferença com base apenas na cerveja artesanal que agora banha o corpo e esquenta o sangue dele.

Saímos do restaurante com Choi Kang-woo cambaleando enquanto se apoia em mim, provando como é incapaz de lidar com o álcool. Até considerei chamar um táxi cápsula, mas decidi que o melhor seria caminhar.

Olhamos para a cidade nova cintilando acima das ruínas abandonadas. Juntando isso ao mar tingido de insetos luminosos e a lua cheia perfeita, a vista à nossa frente é excessivamente bonita, beirando o vulgar.

De algum lugar, uma melodia estridente de cravo flui de um alto-falante. Todas as coisas importantes que acontecem em Patusan têm como trilha sonora a breve música composta por Fatima Bellasco. Essa música-tema é sempre transformada em versões diferentes desenvolvidas por inteligências artificiais. Melodias vão varrendo e passeando na ilha, como ondas. Depois que você se acostuma, é capaz de dizer o que está acontecendo só de ouvir a música na sua Minhoca ou nos alto-falantes espalhados. É o mesmo que acontece com os amantes da música clássica mais experientes, que podem seguir o enredo de uma ópera de Wagner mesmo sem saber uma palavra em alemão.

A melodia que ouço agora é familiar até mesmo para as pessoas que visitam a ilha pela primeira vez. É a música-tema das aranhas. Cinco dias atrás, a ALYSSA, empresa de desenvolvimento espacial de Andrei Kostomaryov, lançou uma nave com destino a Júpiter, a *Holst*, transportando quatro passageiros — e usando o mesmo elevador que agora retorna com amostras de asteroides. Uma estrela laranja cintilante desce entre as duas hastes de laser que emanam do topo da montanha.

É preciso apreciar os frutos dos últimos quinze anos de trabalho. Nos primórdios do elevador, precisava-se de vinte e cinco dias para que um robô do tamanho de uma mala escalasse pela teia de aranha e entrasse em órbita. Hoje, o mesmo trajeto é feito em até dois dias. Ainda que não tenhamos nada parecido com os motores lineares que os escritores de ficção científica imaginaram no passado, se você seguir os objetivos estabelecidos por aqueles que nos antecederam, acabará deparando com outras tecnologias bem mais simples e convenientes. À medida que a IA começou a interferir nos trabalhos criativos, o ritmo e a diversidade das mudanças aumentaram exponencialmente. Certa vez, o presidente Han disse que o papel dos seres humanos seria, na melhor das hipóteses, apenas impulsionar a futura civilização das máquinas.

Ouço então uma língua embriagada tentando balbuciar algo.

"O que disse?", pergunto.

Choi Kang-woo sorri com uma expressão estúpida no rosto e repete o que tentou dizer.

"Você sempre pensou isso. Mesmo quando eu disse que não era assim."

PEGADAS BORRADAS DE UM FANTASMA

"Você sempre pensou isso. Mesmo quando eu disse que não era assim."

Me lembro bem dessa frase. Não porque ela tenha algum significado importante, mas porque, pelo contrário, praticamente não significa nada. Pelo menos não que eu me lembre.

Mesmo ouvindo agora, não consigo associar ao contexto em que ela me passou pela mente. O que recordo é do rosto do presidente Han, olhando para a minha expressão de intrigado enquanto ele sorria feito um louco. Quando perguntei mais uma vez sobre o que é que ele estava falando, o presidente apenas repetiu as mesmas palavras sem me dar qualquer explicação, aos risos. Foi uma sensação bem chata ser motivo de chacota sem saber o que estava sendo dito, mas eu não estava em posição de dizer nada ao chefão do Grupo LK.

Isso aconteceu há exatos dez anos. O coreano que aprendi através da Minhoca ainda era meio desajeitado. Ficava ansioso toda vez que falava, como se a superfície da minha personalidade estivesse separada do meu corpo. Os primeiros dias de qualquer pessoa que aprendesse uma língua através dos sistemas antigos da Minhoca eram de efeitos colaterais excepcionalmente agudos, mas tal sensação também chegou a ocorrer quando eu estava aprendendo idiomas por outros meios.

Outro problema com o sistema de aquisição de idiomas da Minhoca era a criação de fantasmas: figuras que apareciam na sua visão periférica e murmuravam feitiços esquisitos, como que transitando entre as fronteiras de várias línguas. Após o funeral, um desses fantasmas começou a falar comigo com a voz do presidente Han.

Quando Choi Kang-woo disse essa frase, ouvi duas vozes simultaneamente. A voz dele e a de um dos fantasmas. Mesma frase e mesma velocidade. Pensei ter ouvido errado, ou ter ouvido apenas a voz do fantasma. Mas não. As palavras foram ditas na voz de Choi Kang-woo, saíram da boca dele. Choi Kang-woo estava recitando as falas do presidente Han.

Pensei até se não era algum tipo de código. Não era. Choi Kang-woo não parecia ciente do que estava dizendo, do significado daquilo. Com certeza era algo que estava escondido no cérebro dele e que saiu aproveitando-se do seu estado de embriaguez.

Algo. Algo que guarda as memórias do falecido presidente.

Acompanho Choi Kang-woo até o seu apartamento, mas ele não parece notar a minha presença, mesmo quando me pega olhando para as suas fotos da família e para o obsceno ovo de madeira. Despeço-me de forma objetiva e encaro as costas do sujeito que vai entrando no banheiro.

Na escada rolante, fico perdido em pensamentos. As peças do quebra-cabeça vão se juntando na minha mente, uma a uma. Algo aconteceu com esse sujeito simplório, que até alguns anos atrás só se interessava por borboletas, mas que de repente se tornou um adorador fanático de elevadores espaciais, o que possibilitou inclusive que ficasse em segundo lugar no exame de admissão para a LK Space. Destacou-se não apenas na prova escrita, como também deixou impressionados os entrevistadores que o consideravam chulo demais.

A resposta mais fácil e simples era a de que uma Minhoca contendo as memórias do presidente Han fora implantada no cérebro de Choi Kang-woo; ainda que apenas uma Minhoca — implantada pela empresa, sem nada de especial — tivesse sido encontrada no seu cérebro. Mas um dispositivo que guardasse as memórias ou o espírito do falecido presidente Han, bem como todas as conspirações que o envolviam, não poderia ser descoberto assim tão facilmente. Digamos que algo aqui foi mais astuto do que esperávamos e passou despercebido por nossa inspeção. Depois pensamos em como isso aconteceu.

Como as memórias do falecido presidente Han teriam sido mantidas? Até onde sei, havia pelo menos quatro Minhocas no cérebro dele. Duas eram exclusivas para o tratamento dele contra o Alzheimer. Havia maneiras muito mais fáceis de tratar a doença na época, mas o presidente encarou essa decisão como mais um desafio tecnológico. Antes da sua morte, a mente de Han Jung-hyeok, diferente da de uma pessoa comum, estava dispersa em diversos recipientes. E não apenas no nível do armazenamento de memórias selecionadas num sistema de nuvem.

Quando o presidente morreu, a maior parte dos seus dados foi destruída, respeitando a Lei de Proteção à Privacidade, exceto por alguns trechos pré-selecionados por ele em vida. Pelo menos era nisso que acreditávamos. Isso porque o próprio presidente estava à frente desse projeto, e o presidente Han que conhecíamos nunca foi uma pessoa de fazer as coisas pela metade. Mas as nossas crenças não passavam de suposições. Não estávamos tão interessados assim nos dados pessoais deixados por ele, contanto que as informações importantes tivessem sido transferidas para a IA da empresa. O Grupo LK segue avançando a partir das ambições de um homem morto. Ross Lee ou Han Su-hyeon, nenhum deles consegue parar o fluxo. Então por que deveríamos nos preocupar com as memórias pessoais do presidente, que podem ou não existir? Por que deveríamos nos perguntar se tais dados foram devidamente destruídos?

É certo que não conhecíamos o presidente tão bem assim. Por conta da sua imagem pública, cuidadosamente construída, não conseguimos imaginar o presidente Han como uma pessoa normal. Mas todos temos segredos. Não conhecemos ninguém que não nós mesmos. Pode haver algo que o presidente quisesse manter em segredo mesmo após a sua morte. E talvez esse algo seja mais importante do que poderíamos imaginar — ele pode estar no cérebro de Choi Kang-woo, e alguém que sabe disso pode estar procurando.

Foi mera coincidência que a frase que só eu conheço tenha saído da boca desse sujeito? Seria coincidência também eu ser a única pessoa nessa empresa que tem um interesse pessoal em Choi Kang-woo? É uma coincidência que eu tenha salvado a vida dele?

Penso na posição que ocupo agora. Para a empresa, não passo de um mercenário contratado particularmente pelo presidente Han. Antes de o velho morrer, deixou algumas salvaguardas para mim, mas a vida útil delas não é longa. Se alguém descobrir o meu verdadeiro nome e a minha nacionalidade, bem como o meu rosto antes das cirurgias, essas salvaguardas acabam. Ross Lee não estaria interessado na minha real identidade, mas Han Su-hyeon é diferente.

Se esse algo no cérebro de Choi Kang-woo for realmente uma parte do presidente, pode ser a minha tábua de salvação. Choi Kang-woo pode não ter nenhuma ligação com os assuntos oficiais da empresa, mas talvez sirva como uma ferramenta para realizar tarefas importantes, e não sabemos se uma delas inclui a proteção de pessoas ligadas ao presidente.

Quando retorno ao meu apartamento, reviso as informações sobre Choi Kang-woo. Miriam até já chegou a fazer uma inspeção mais apurada e não encontrou nada. Mas isso foi antes de eu saber que existe algo a ser encontrado. Agora tenho uma ideia de quais padrões procurar. Começo a verificar mais uma vez os e-mails e as mensagens privadas que foram interceptadas.

Depois de um tempo, a IA de rastreamento me mostra um spam excluído há dois anos, marcado com sete estrelas amarelas junto ao título.

VOCÊ QUER SE JUNTAR AO GRUPO LK, AO GRUPO CHAESUNG, AO SISTEMA TG OU AO PINTO SPACE? SEGURANÇA GARANTIDA, "QUASE" LEGAL. SUPERE O SEU DESTINO AO MENOR PREÇO.

"Quase" legal. Solto uma risada. Por mais que pareça tosco, é uma boa isca. Sei disso porque eu mesmo já escrevi coisas assim. E tenho quase certeza de que Choi Kang-woo se mudou para cá depois de morder uma dessas. O link na mensagem parece já ter sido utilizado. Compreensível. É fácil cair nessa armadilha se você já se inscreveu tanto para vagas na LK Space que quase já virou um hábito e se raramente investiu no futuro. Se você já não tem nada, o que poderia perder?

Quem mais pode ter caído nessa? Verifico e descubro que o golpe fora solucionado, e dois criminosos, presos. Eram golpistas mais honestos do que imaginei: o plano era ajudar as pessoas a trapacear nas provas de seleção através do implante de biobots. Os bots são parasitas que vivem no cérebro por cerca de duas semanas e não são fáceis de identificar em varreduras corriqueiras. Os sujeitos eram técnicos contratados e demitidos pela LK Robotics — recontratados após serem declarados culpados e sujeitos à liberdade condicional. E isso não é tão estranho quanto pode parecer. Mais de uma vez a LK recontratou criminosos como esses para proteger a sua confidencialidade corporativa. Tudo indica que esses dois devem estar criando geringonças em algum laboratório e sendo muito bem pagos, e eu honestamente os invejo, embora não saiba muito bem o que eles estão fazendo.

Reviso as fotos das pessoas que caíram no golpe. Doze no total. Todas com idade próxima à de Choi Kang-woo. São jovens, bem-apessoados e que não parecem muito inteligentes, mas trazem uma irresponsabilidade inata no rosto.

Ah, claro. São todos homens.

ONDE ESTÁ A IMAGEM DAS BORBOLETAS DESAPARECIDAS

"Você conhece o filme *Intriga internacional*?"

"Acho que já ouvi esse título antes. É um clássico?"

"É um filme do século xx, de Alfred Hitchcock. Mas não é estranho que você não tenha visto. A história é a seguinte: o publicitário chamado Roger O. Thornhill é confundido com George Kaplan e quase é morto por causa disso. Ainda acaba acusado de assassinato. Então o próprio Thornhill começa a perseguir Kaplan, mas descobre que este é um personagem fictício criado pela inteligência dos EUA. Ele só tinha nome e pertences."

"E aí?"

"Este sujeito é o nosso George Kaplan."

Abro a porta do apartamento.

O quarto em que estamos mal foi usado nos últimos quatro anos, mas um robô aspirador dá uma geral duas vezes por semana, então o interior está relativamente limpo. O ambiente está pouco desordenado e até emana um fraco odor corporal de homem solteiro, já que uma essência feita com a ajuda de químicos da empresa é pulverizada pelo purificador de ar.

Choi Kang-woo me encara com uma expressão estúpida. Nem preciso da ajuda da Minhoca para confirmar que essa expressão é falsa. Os músculos estão rígidos e as pálpebras tremendo. É um rosto que diz a verdade mesmo quando mente.

"O dono desta casa se chama Damon Chu. A história burocrática dele é mais plausível do que a minha, já que tem nacionalidade e até registro de DNA. Mas ele não existe no mundo real. Sem um corpo físico, é capaz de se autodestruir a qualquer momento que a empresa ordenar. Claro, não era para ninguém ter entrado aqui. Não deveria haver outras impressões digitais além das falsas que o robô aspirador deixa quando vem fazer a limpeza. Mas e se houver impressões digitais de outras pessoas? Como explicaríamos isso? Qualquer um que soubesse a localização e a senha, e fosse capaz de invadir a rede de segurança da empresa estaria ciente de que não deveria deixar vestígios. Então, por que fizeram isso?"

Volto a fechar a porta e me dirijo ao elevador. Choi Kang-woo me segue sem dizer uma palavra. Saindo do prédio, caminhamos ao longo das margens do rio Brunel. Após percorrermos cerca de oitocentos metros, deparamos com a H&H Aluguel de Contêineres. Aqui, enormes contêineres estão pintados com personagens de desenhos animados e empilhados como blocos de Lego.

Depois de pegar uma chave de metal antiga na entrada, subimos as escadas de ferro até o terceiro andar e entramos no contêiner de Damon Chu. O ar é seco e cheira a ferro. Acendo a luz e verifico o que continua ali. Exceto pelo ovo de madeira e a caixa de dinheiro, parece não faltar nada. Pego o cartaz assinado por Hergé e coloco na maleta de alumínio que trouxe comigo.

Tiro o pó de uma cadeira de ébano com dois dragões esculpidos no encosto e me sento.

"Por que você levou a estátua? Tinha algum significado especial?", pergunto.

"Era bonita."

"É o tipo de coisa que você gosta?"

"Acho que sim."

"É só isso que vai me dizer? Um funcionário novato, que está na empresa há menos de um ano, usou a identidade secreta de uma persona virtual, conhecida apenas pelo Departamento de Relações Externas, apenas porque 'acha que sim'?"

"Só queria verificar uma coisa."

"Que coisa?"

"Se a coisa que eu sabia estava certa." Choi Kang-woo estava encarando o chão, mas agora dá de ombros e se vira para mim.

"Desde quando sabe sobre Damon Chu?"

"Faz uns dois meses. Acho que foi por aí."

"Como?"

"O rosto dele só apareceu na minha mente. No começo, até pensei que ele fosse uma pessoa real. Talvez um parente do presidente Han, porque o formato dos olhos e da boca eram parecidos. Então simplesmente pensei no nome dele depois. E depois no endereço dele e no conteúdo do contêiner. Foi quando comecei a ter certeza de que Damon Chu não era uma pessoa real e que não teria problema vir aqui. Vim verificar uma informação que apareceu na minha cabeça."

"Se aquele ovo obsceno estava aqui?"

"Não. Isto."

Choi Kang-woo vai até o canto onde doze pinturas em caixas de proteção estão empilhadas. As luzes se acendem, e ele pega uma das molduras da pilha. É uma grande pintura de borboletas, com cerca de dois metros de altura. Sete borboletas pairam em torno de uma flor que desabrocha à beira d'água, e há uma lua crescente no canto superior direito.

"Este é o quadro *Borboletas sob a lua*, de Jang Sun-ok, pintora do século xx que desenhou as mais belas imagens de borboletas do mundo, mas que não é tão conhecida. Não sei ao certo se porque era mulher, por ter ascendência japonesa, por só pintar borboletas ou se as pessoas apenas não estavam interessadas. Essa pintura estava no museu de Incheon, mas foi roubada. Até agora, só tinha visto fotos em baixa resolução tiradas no século xx. Mas quando lembrei que essa pintura estava no contêiner, decidi vir verificar e era verdade. Foi muito bem preservada, mas ainda assim deveria estar no museu."

A pintura volta ao seu lugar de origem, fazendo um som de deslize. O rosto de Choi Kang-woo, que estava abatido desde que o arrastei de Patusan até Bandar Seri Begawan, parece estar finalmente recuperando a confiança. Ele parece um herói excêntrico de história em quadrinhos, que ganha força ao se aproximar das borboletas.

"Você começou a lembrar de tudo isso há dois meses?"

"Não, já faz um ano. A essa altura, você já deve saber que fiz uma cirurgia, certo? Pensei que seria descoberto na hora. Convenhamos que o meu currículo não fazia sentido, nem mesmo para mim. As pessoas que me operaram foram presas assim que passei na seleção. Todos os outros que fizeram a mesma cirurgia foram desqualificados. Era para eu ter sido também, mas ninguém veio atrás de mim. Pensei que, no mínimo, não passaria na entrevista, mas acabei passando."

"Por que acha que isso aconteceu?"

"Olha, eu fui muito bem. Saí falando coisas que nem imaginava saber. Senti uma confiança que normalmente não tinha. Fiz um ótimo trabalho. E tudo graças aos biobots que os golpistas colocaram no meu cérebro. Os bots morreram em duas semanas e os seus corpos se desintegraram, mas eles mudaram parte do meu cérebro enquanto estavam vivos. E essa parte está funcionando quase como uma Minhoca. Um cérebro dentro do meu cérebro, que tem ideias próprias.

"Mas por que não me prenderam? Depois de pensar bastante, cheguei a uma conclusão. Passei na prova. Em uma seleção entre treze pessoas, fui o escolhido. E também passei na entrevista. Claro, me saí bem, mas havia algo que ia além das opiniões dos entrevistadores, alguma influência. Alguém queria muito que eu entrasse na LK Space."

A VISITA DE UM ANJO DA GUARDA

"Tudo o que eu disse antes é verdade. Meu pai teve mesmo problemas com o Grupo LK. Podem até dizer que ele cometeu suicídio por causa disso. Mas vingança? Eu jamais pensaria nisso. Seria o mesmo que tentar me vingar de um deus. Além disso, eu nem gostava muito do meu pai. Ele era uma pessoa fria, imersa no próprio mundo. Se tivesse se dado um pouco melhor com as pessoas, talvez ainda estivesse vivo. Querer ser aclamado e tratado como um inventor genial nos dias de hoje? Sério? Nem Thomas Edison e Nikola Tesla, cujas fotos decoravam a parede do estúdio do meu pai, trabalhavam sozinhos.

"Acho que continuei tentando uma vaga na LK Space por pura teimosia e medo. Eu ainda não estava pronto para encarar o mundo. Ganhava uns trocados fazendo bicos e perseguia borboletas, não era um jeito ruim de viver. Mas passar resto da vida assim era uma perspectiva assustadora. Eu precisava de uma desculpa para justificar a minha preguiça. E existe alguma desculpa mais plausível do que desafiar a empresa que dizem ter matado o meu pai? Era uma desculpa tão plausível que até eu passei a acreditar nela. Porém, se fosse só isso mesmo, não teria continuado depois da primeira recusa.

"Eu não pretendia passar pelo processo seletivo uma terceira vez. Por um lado, estava ganhando um bom dinheiro com os bicos que apareciam. Eram a melhor opção de trabalho para pessoas como eu, que sabem fazer muitas coisas mas perdem o foco com facilidade. Já cheguei a ganhar três ou quatro vezes o meu salário atual. A loja do meu tio em Yeongwol também estava com uma vaga, e eu poderia trabalhar lá. Mesmo com a minha irmã doente e precisando que eu ganhasse mais dinheiro, o emprego no meu tio daria conta.

"Quando recebi o spam, tentei ignorar. Duas tentativas fracassadas já eram mais que suficientes. Contudo, a confiança passada na mensagem chamou a minha atenção. E me deu um clique, uma sensação estranha de que a minha história estava se encaixando. Como posso explicar? Talvez tenha sido algo parecido ao que diz um jogador que aposta toda a sua fortuna: 'Vai dar tudo certo desta vez'. Sabe? Ou como se o escritor da minha vida estivesse me enviando um sinal para me preparar para o clímax.

"Então fui até Kaesong e me encontrei com as pessoas que enviaram a mensagem. Eles tinham mais ou menos a minha idade e pareciam irmãos. Depois acabei descobrindo que nenhum dos dois era coreano e que vinham de países diferentes. Por terem aprendido coreano pelas Minhocas que a empresa tinha implantado neles, o jeito deles de falar era bem semelhante, acho que por isso se pareciam.

"Ambos se apresentaram como ex-funcionários do centro de pesquisa da LK Robotics em Suwon. Lá, trabalharam num tipo muito especial de biobot, que poderia transferir as informações que você quisesse para o cérebro. Disseram que haviam sido demitidos fazia alguns meses por razões injustas e que a empresa ainda desconhecia a existência do biobot. Já haviam concluído os experimentos neles mesmos e agora estavam à procura de outros sujeitos para novos testes. Quem poderia ser mais adequado para isso do que eu, um aspirante preguiçoso e sem qualificações tentando uma vaga num grande conglomerado? Como era um teste, cobraram uma taxa mínima, uma quantia que eu poderia pagar fácil, fácil. Foi um pouco mais caro do que comprar um bilhete de loteria, e caso eu falhasse, era só jogar fora e esquecer. Foi a oportunidade dos meus sonhos.

"A cirurgia acabou super-rápido. Mais rápido até do que a de implante de Minhoca que fiz na empresa, e não houve efeitos colaterais, como zunido nos ouvidos ou estreitamento da visão. Só levei um tempo para definir as configurações até a morte do bicho. Os dois criadores do biobot visitaram o meu quarto várias vezes, ajudando no processo de transferência dos dados do bicho para o meu cérebro.

"Foi uma experiência estranha. Não como acontece com as Minhocas, quando as informações vão sendo inseridas subconscientemente. Nesse caso, à medida que pequenos pedaços de informação ganhavam vida no meu cérebro, eles iam, um por um, conectando-se a um tipo de membrana que circundava a minha consciência. Fui absorvendo as informações pouco a pouco, tornando-as minhas, mas essa membrana ainda permanece, mesmo após a morte do biobot. Confesso que foi um pouco assustador. Mas reconfortante. Senti como se tivesse um anjo da guarda me dando conselhos e me impedindo de cometer erros.

"Quando fiz o terceiro processo seletivo, senti como se estivesse vendo tudo de cima. Já havia feito outros dois exames, então sabia como seria todo o processo, desde a prova escrita até o teste de estabilidade mental. Mas dessa vez vi coisas que antes não me chamariam a atenção. Foi como se o meu campo de visão tivesse sido ampliado e todo o processo parecia estar indo mais devagar do que antes, sabe? Fiquei genuinamente surpreso quando passei em segundo lugar. Não imaginei que haveria alguém capaz de passar no processo com pontuação melhor do que a minha.

"O que me preocupava mesmo era a entrevista. A dupla que instalara o bicho no meu cérebro já havia sido presa, e fiquei sabendo disso pelo jornal. Os outros que tinham comprado os bichos com esses dois também foram pegos, e tudo estava tomando grandes proporções. Uns começaram a se perguntar: podemos mesmo chamar de trapaça o uso da ciência para um aprendizado mais eficaz? Enquanto outros diziam: se isso fosse permitido, qual seria o sentido de uma prova para selecionar pessoas talentosas? Mas a polícia nunca veio atrás de mim, e os dois cabeças nunca mencionaram o meu nome. Fui fazer a entrevista com um misto de preocupação e alívio.

"Havia seis entrevistadores. Três mulheres, três homens. Estavam todos usando máscaras virtuais e pareciam iguais. Só consegui adivinhar as idades pelo tom das suas vozes. Perguntaram sobre o meu pai e, graças às seleções anteriores, eu estava preparado para dar a melhor resposta possível. Não fiquei pensando se aceitariam ou não essa resposta, porque era impossível fazer algo melhor.

"Foi então que algo inesperado aconteceu. Alguém fez uma pergunta sobre o elevador espacial e comecei a recitar a resposta-padrão que havia ensaiado. Porém, enquanto eu falava, algo acordou na minha mente. Não, talvez seja melhor explicar assim: uma espécie de túnel foi criado conectando o meu anjo da guarda a mim, e em meio a esse túnel, as emoções mais avassaladoras foram passando. Agora, o elevador especial não era apenas uma combinação de dados, havia se tornado um objeto de amor. E eu estava loucamente apaixonado por aqueles cabos finos que conectam a Terra ao espaço — assim como o amor de Romeu por Julieta, de Dante por Beatriz. Comecei então um longo discurso sobre o elevador espacial, e esse discurso era a mais pura linguagem do arrebatamento. Posso ter exagerado um pouco; afinal, o que a empresa precisava era de um técnico, não de um fetichista. Mas o meu discurso parecia ter desempenhado um bom papel no esclarecimento de quaisquer dúvidas que os entrevistadores pudessem ter sobre o meu passado. Era difícil imaginar que um bicho no cérebro seria capaz de induzir emoções assim.

"Fiquei muito feliz quando passei no exame. Quase no nível do êxtase. Não só porque havia finalmente alcançado o objetivo de me juntar à LK Space, mas porque percebi que estava apaixonado por alguém ou algo.

"Isso mesmo, eu disse 'alguém ou algo'. Quando saí do local do exame, fui percebendo isso aos poucos. O meu amor pelo elevador espacial não existia por si só. Esse amor estava ligado a uma persona ou algo que poderíamos chamar de ser, ainda que não fosse humano. O elevador espacial era uma ponte que me conectava a esse alguém ou algo.

"Quem seria? Pensei que fosse uma presença feminina. Alguém ou algo que é feminino, por mais que não seja necessariamente uma mulher de verdade. Não dava para imaginar outra coisa porque o molde do meu amor indicava isso. Se o objeto do meu amor fosse um homem, esse amor assumiria textura e forma diferentes.

"No começo, tentei aproveitar a emoção e me dar por satisfeito. Até porque eu estava feliz o suficiente com isso e estava ocupado já que havia sido contratado — e esse trabalho me levaria a morar no exterior pela primeira vez na vida. Era também a primeira vez, desde que tinha me formado, que viveria uma vida social de verdade no mundo dos adultos, o que me deixou bastante preocupado.

"Meu novo trabalho era divertido, mas um tanto tedioso. De primeira, me apaixonei por Patusan. Amei a arcologia perfeita criada pelo Grupo LK, assim como as ruínas e as borboletas. Mais do que qualquer outra coisa, amei o elevador espacial. O trabalho também era divertido. Precisei dar voltas e mais voltas na ilha durante o meu período probatório, mas adorava tudo que era relacionado ao elevador. O problema é que eu não conseguia me dar bem com as pessoas, e os meus colegas também não gostavam de mim. E ainda não gostam. Todos acham que sou um nerd excêntrico, meio maluco, e que não sei trabalhar em equipe. Algumas pessoas até cochicham pelas minhas costas, sobre eu ser apadrinhado por alguém, mas não posso responder nada. Afinal, o que significa concorrência legítima por aqui? Sou o mais talentoso especialista em elevadores espaciais. Como isso aconteceu é tão importante assim?

"Eu me afundei cada vez mais no meu próprio mundo. Até um ano atrás, esse mundo era simples. Borboletas, minha irmã e meus próprios devaneios. Mas algo se infiltrou nesse mundo e estava expandindo território aos poucos. Algo apaixonado e intenso, que ia me dominando frente à minha hesitação e fraqueza. Isso me forçou a agir e sentir. Eu estava temeroso, mas também fascinado pelo prazer que aquela intensidade havia me proporcionado. Um tipo de atitude em relação à vida que eu jamais teria imaginado foi tomando conta de mim. Mas também tentava não perder o meu eu anterior em meios às mudanças. Felizmente, Patusan era um paraíso de borboletas. E à medida que esses dois mundos colidiam, as minhas experiências se tornavam cada vez mais ricas.

"Por outro lado, havia uma espécie de vazio. A tal 'mulher'. Herdei o amor por um ser que eu nem sabia se existia, qual era o rosto e se era mesmo uma mulher. Você consegue imaginar quão frustrante é amar algo mas não saber nada sobre a fonte desse amor?

"A minha primeira tentativa de aliviar tal sensação foi recriar a aparência dessa mulher. Comecei fazendo um desenho. Depois montei um rosto com um programa de reprodução de aparências. Os resultados, contudo, eram sempre os mesmos, variações de um rosto de 'mulher bonita'. Poderia ser apenas uma composição a partir do meu gosto pessoal, sem qualquer relação com memórias. E a reprodução dessa aparência não me bastava. Eu precisava saber algo mais.

"Curiosamente, Patusan estava escondendo pedaços desse 'algo mais' por toda parte. O lugar não era só uma combinação de máquinas e arquitetura, mas continha também sentimentos e memórias desse alguém. Dava para sentir só de estar ali. Eu simplesmente não conseguia reproduzir isso com palavras ou imagens.

"Depois de três meses da minha chegada, tive a minha primeira pista. Junto de outros funcionários novatos, estávamos aguardando o elevador voltar do último andar com amostras do cometa Abelanos-Viola que foram coletadas pela *Haebaragi 23*. Mas não estávamos lá apenar por trabalho. Sempre que o elevador estava chegando, enviávamos alguns novatos para lá. Era uma experiência ótima para que eles pudessem entender o funcionamento desse lugar.

"O elevador chegou ao som da música-tema que criaram para ele, e as portas se abriram. Descarregamos as caixas que os cientistas haviam embalado e colocamos em um carrinho. Um homem velho, que parecia ser o líder deles, acho, olhou para nós e disse: 'Algum de vocês sabe o que é isso? São pedaços de uma estrela'.

"'Pedaços de uma estrela.' Que baita clichê. No momento em que ele disse isso, porém, uma memória muito específica me veio à mente. Uma mulher sem rosto, dona de uma voz que eu não conseguia distinguir, falou comigo: 'Olhe, sr. Gildong. São pedaços de uma estrela'.

"De quem quer que tenha sido essa memória, ele amava essa mulher.

"Logo comecei a procurar pelo nome Gildong. Não encontrei nada. Talvez fosse um apelido. Hong Gildong ou Ko Gildong. Provavelmente era Hong Gildong, o famoso Robin Hood coreano. Mas por que Hong Gildong? Por aparecer no leste em um momento e depois aparecer no oeste em um outro? Não é isso. Então ele só pode ser um bastardo ilegítimo, assim como o Hong Gildong da lenda. E quem poderia ser mais bastardo ilegítimo na ilha de Patusan do que o presidente Han Jung-hyeok? Ele não era o filho adotivo do ex-presidente da empresa Han Bu-kyeom com uma ex-namorada russo-coreana? Foi por isso que, como filho ilegítimo, acabou tendo um relacionamento péssimo com os irmãos. Havia outros rumores também, de que ele tinha algum distúrbio genético, e que a sua esposa, a professora Jung So-mi, usou o esperma congelado de Han Bu-kyeom para conceber Han Su-hyeon. Isso é mais do que suficiente para fazer dele um Hong Gildong moderno. E essa mulher, quem quer que fosse, estava perto o bastante de Han Jung--hyeok para chamá-lo de 'sr. Gildong' como uma zombaria aceitável.

"De repente, me senti estranho. Claro que já havia me passado pela cabeça que essas poderiam ser as memórias do presidente Han Jung-hyeok. Já tinha entendido que elas pertenciam a alguém importante, ou por que é que teriam sido preservadas com tanto cuidado? O presidente Han era a única figura importante que havia morrido em Patusan nos últimos tempos. Mas não deixava de ser muito estranho para mim o fato de ele estar apaixonado assim por alguém. Sem mencionar que essas memórias só podiam ser recentes, pois as memórias de amor se distorcem com o tempo.

"Comecei a sentir inveja do presidente. Desse amor por uma mulher cujo rosto ou nome eu desconhecia. Invejei o poder dele e as coisas que ele poderia alcançar com esse poder. E mais do que qualquer outra coisa, invejei o seu apelido antiquado, 'sr. Gildong'. Senti tanta inveja que perdi a vontade, por um tempo, de descobrir quem era aquela mulher.

"Então, apenas cinco dias depois, descobri a identidade dela. Era inevitável, quer eu estivesse motivado ou não, que esse dia chegaria. Como ela estivera perto esse tempo todo.

"Era um domingo. Tinha me apressado para almoçar na lanchonete dos funcionários e estava a caminho de uma loja de suvenires para comprar um presente para a minha irmã. O jornal da empresa estava sendo reproduzido em um telão no saguão do primeiro piso. Alguma história sobre as peças para a sonda de exploração de asteroides do Consórcio Espacial Africano, que o Grupo LK havia lançado nos últimos meses. Vários rostos que eu nunca tinha visto estavam agora falando na tela mutada. No final, uma mulher apareceu para concluir a história, e fiquei paralisado. Era o rosto dela. Não podia ser outra pessoa. E naquele instante me vi sendo inundado por inúmeras memórias, todas com o rosto dela, descendo como uma cascata. Foi tudo tão repentino que senti uma pontada intensa na cabeça.

"Quando o noticiário terminou, o rosto dela desapareceu. Nem me preocupei em procurar o nome dela. Agora sabia o nome com tanta certeza quanto conhecia aquele rosto. Eu a conhecia antes mesmo de me juntar a esta empresa. É que nunca tinha me interessado por ela antes.

"Era Kim Jae-in. Diretora do Instituto de Pesquisa e Desenvolvimento Espacial da LK."

(PROVAVELMENTE) A PESSOA QUE EU AMO

O meu rosto, que se manteve sério e atento até agora, se contorce enquanto seguro o riso. Consigo entender os motivos para alguém se apaixonar por Kim Jae-in — mesmo esse alguém sendo o presidente Han —, por mais desagradável que essa imagem fosse, eu ainda poderia entender. Toda essa reviravolta no enredo, porém, fez a história parecer banal, clichê.

Kim Jae-in é filha de Han Sa-hyeon, que era a única filha de Han Bu-kyeom. Assim como Han Jung-hyeok, Kim Jae-in não fazia parte da família "puro sangue". Han Sa-hyeon fora uma rebelde e, após o divórcio dos pais, acabou se tornando uma anticapitalista radical. Publicou três livros que incitariam ira em todos ligados ao Grupo LK, em especial na família Han. Para irritação geral, os três volumes se tornaram best-sellers, e um deles, disfarçado de romance por trazer um relato autobiográfico nas entrelinhas, chegou a ser adaptado para um drama de TV com sete temporadas. Grande parte do que as pessoas pensam sobre o Grupo LK vem desses livros. Aos vinte e seis anos, ela se casou com o ator Kim Lena, e Kim Jae-in nasceu no ano seguinte. Han Sa-hyeon não tinha interesse em perpetuar a linhagem genética da sua família, e de fato Kim Jae-in não recebeu gene algum dos Han. Han Bu-kyeom morreu quando Han Sa-hyeon tinha trinta e cinco anos, e se a própria Sa-hyeon não estivesse dentro do raio de explosão da bomba disparada durante o funeral do pai, ela certamente teria encontrado um lugar para o incidente no seu quarto livro, ridicularizando o acontecido.

Ainda em vida, Han Sa-hyeon havia proclamado que nunca aceitaria um centavo da família Han, mas Kim Lena era uma pessoa bem mais flexível. Kim Jae-in foi sutilmente "acoplada" à família para que tivesse todas as vantagens possíveis. Recusando-se a competir com os primos pelo "trono" do Grupo LK, ela se tornou astrônoma. Aos dezenove anos, foi coautora de um artigo que propunha um novo método para detectar ecossistemas alienígenas que poderiam sustentar a vida. Pouco depois, quando tinha vinte e cinco, um planeta alienígena com um ecossistema vivo foi encontrado usando o seu método. Aos trinta, foi nomeada diretora do Instituto de Pesquisa e Desenvolvimento Espacial da LK, como todos já esperavam.

A união dos genes da mãe, que era considerada a mulher mais bonita do mundo de língua coreana, e do pai biológico, que, embora não se saiba de onde veio (ou como foi criado), obviamente não era feio o suficiente para comprometer o seu legado fenotípico, resultou na aparência familiar de Kim Jae-in. Ela odiava ser exibida, mas suas fotos e vídeos estavam sempre circulando na mídia. As fanfics acabaram esfriando um pouco quando ela se casou com o piloto de testes coreano-alemão Anton Choi, que era oito anos mais novo, mas voltaram a esquentar oito meses após o casamento, quando ele morreu num acidente do skyhook.

Kim Jae-in estava fadada a ser alguém com uma história comum, mas com fanfics mirabolantes escritas à exaustão. Uma pessoa que, não importa qual caminho traçasse, só poderia se tornar um clichê. Nunca imaginei uma fanfic dela com o presidente Han como par romântico, mas não seria surpreendente se já existisse. Ela tinha catorze anos, e já estava se preparando para entrar na faculdade, quando o Grupo LK comprou a Odyssey e mudou o nome da empresa para LK Space. Imagino uma fanfic em que o elevador espacial foi construído exclusivamente para Kim Jae-in — e isso não me soa tão estranho. Não seria apenas mais uma história com o presidente Han como protagonista? Assustador para além do repulsivo. No fim das contas, as pessoas que inventam essas histórias são conhecidas por não ter nenhum limite.

E elas talvez estivessem certas esse tempo todo.

Reflito um momento sobre o quanto sei a respeito de Kim Jae-in. Durante os doze anos em que trabalhei no Grupo LK, talvez tenha encontrado com ela umas trinta vezes. A maioria delas quando o presidente Han estava vivo, mas também tivemos conversas individuais sobre assuntos de trabalho. Nunca nada pessoal. E eu certamente nunca a ouvi chamando o presidente Han de "sr. Gildong". Se tivesse ouvido, teria me lembrado. Isso porque não consigo pensar em nada mais estranho para o presidente Han.

A Kim Jae-in que conheço é seca, fria, mecânica, sem uma gota de charme. Tão sem graça que a beleza que herdou da mãe acaba chamando ainda mais atenção. Os astrônomos e engenheiros aeroespaciais com quem trabalha podem até vê-la de forma diferente, mas essa é a Kim Jae-in que conheço. Compreendo que pode ser possível adorá-la de longe, mas duvido que tal façanha fosse possível de perto. Até agora não entendo o que Anton Choi viu em Kim Jae-in. Ele parecia um predador, incontrolavelmente sexy, incompatível com alguém tão superficial quanto um recorte de revista de moda.

Tento pensar na situação pela perspectiva do presidente Han. Afinal, eram ambos "marginalizados" na família, e essa conjuntura talvez fosse o bastante para o nascimento de uma afinidade — embora ela fosse jovem o suficiente para ser filha dele. O amor pode ter nascido assim. O presidente com certeza admirava o pai dela, e a semelhança física entre mãe e filha pode ter estimulado uma intenção romântica. Contudo, sei que ainda existem muitos fatores que não considerei. Afinal, até onde conheço o coração desse homem? A pessoa que eu pensava conhecer é agora apenas uma figura fragmentada na minha imaginação, construída de acordo com os meus próprios desejos e as minhas necessidades. E o mesmo vale para Kim Jae-in. Quem sabe o que existe no âmago daquela persona que achei tão sem graça e tediosa?

Choi Kang-woo parou de falar. Observo o rosto dele. Barba por fazer há pelo menos alguns dias. Os pelos mais salientes das bochechas são cômicos. Diria que ele aparenta ser mais velho, mas a expressão o deixa com cara de filhotinho amedrontado de cachorro. E esse rosto me lembra alguém. Agora sim. Consigo ver. Anton Choi! Choi Kang-woo se parece vagamente com Anton Choi. Assim como todos os outros candidatos que estavam na lista dos golpistas, são versões "recauchutadas" de Anton Choi. A seleção foi feita a partir da semelhança física com o original, mas ignorou o apelo sexual do falecido.

Penso na aparência do presidente Han. Rosto feio e desigual, crânio de formato estranho, olhos pequenos e caídos, uma boca que parecia se curvar em um sorriso sem fim, fazendo-o parecer um palhaço. Um corpo atarracado e roliço, todo desalinhado. Quando ficava ao lado dos irmãos — que herdaram gerações de refinamentos genéticos introduzidos na família por parte da mãe —, a aparência dele se destacava ainda mais. Um rosto feio, mas de alguém que comanda, e ele soube usar essa arma; tanto é que nunca me passou pela cabeça que ele poderia estar insatisfeito em relação à própria aparência. Mas isso foi antes de eu saber que ele se colocava na posição de amante de uma mulher muito mais nova. Pergunto-me se Choi Kang-woo se sentiu enojado; afinal, um homem como o presidente Han se imaginar agarrado a alguém como Kim Jae-in deve ter sido horrível.

Algo que parecia ser um fragmento da mente do falecido presidente foi inserido no cérebro de um homem que se parecia de relance com o falecido marido de Kim Jae-in. E agora esse homem está apaixonado por ela e pelo elevador espacial.

Antes pensei que preservar as informações pessoais do presidente Han seria um esforço inútil. Na época, não me ative a algo crucial. Uma coisa que o presidente gostaria de deixar como legado para sempre. A coisa que eu teria visto se não estivesse tão preso à imagem que construíra do falecido presidente.

O amor.

O QUE FAREMOS A SEGUIR

"O que planeja fazer a seguir?", pergunto.

"Não sei", responde Choi Kang-woo.

"O biobot não dá instruções?"

"Não."

"Então vai continuar obcecado pelo elevador espacial e pela Kim Jae-in?"

A expressão dele denuncia que encara a minha pergunta como zombaria.

Levanto-me da cadeira. Caminho devagar, sentindo a brisa e o som suaves que emanam do ar-condicionado no canto do contêiner.

"Claramente, esse não é um segredo só nosso. Alguém, em algum lugar, sabe pelo menos uma parte do que sabemos. Não sei se é IA ou humano, mas alguém está orquestrando tudo isso. Os golpistas que foram recontratados pela LK Robotics devem saber que o seu biobot não era igual aos demais. Afinal, você foi o único que recebeu tratamento especial enquanto todos os outros foram encontrados pela polícia. Quem quer que tenha contratado o homem que você conheceu como Sekewael também deve saber de alguma coisa. Mas devem ter se enganado pensando que o que procuravam estaria dentro da sua Minhoca. Então, estamos correndo contra o tempo agora. Desde o seu incidente, mais e mais pessoas suspeitam de você. Todos vão juntar as pistas e, não importa por quais caminhos, vão convergir em um mesmo ponto."

Depois de dar uma volta completa dentro do contêiner, paro na frente de Choi Kang-woo e dou um peteleco na sua testa.

"Vai todo mundo atrás do que está dentro da cabeça do mais novo funcionário da LK Space, Choi Kang-woo. Vão tentar capturá-lo vivo, mas não vai fazer muita diferença se estiver morto. Existem ótimos equipamentos de recuperação de informação hoje em dia."

É quase satisfatório observar o rosto dele cada vez mais pálido. Continuo:

"E eu? O que devo fazer nesta situação? Sou apenas uma engrenagem no sistema do Grupo LK. Não tenho nacionalidade e a minha identidade é forjada. O velho presidente Han foi o meu muro protetor nos últimos dez anos. Estou sobrevivendo, mas não há como saber quanto tempo vou durar. O que acontece se Han Su-hyeon derrubar Ross Lee e assumir o controle do Grupo LK? Ele odeia tudo o que está relacionado ao pai. Não que considere Han Jung-hyeok um pai. Afinal, o seu verdadeiro pai é o falecido Han Bu-kyeom, ex-presidente do Grupo LK, que ele chama de avô. Sim, os rumores são verdadeiros. O DNA de Han Bu-kyeom foi usado para a gestação do seu 'neto' quando o velho foi informado de um defeito genético no seu filho adotivo, o presidente Han. E a pessoa gerada dessa forma sabe disso. Isso significa que, caso Ross Lee não esteja mais no comando, é o fim para mim. Han Su-hyeon vai limpar todos os vestígios do 'pai', e isso claramente me inclui. Aliás, você sabe qual é o meu verdadeiro nome? Diga em voz alta. Não pense, apenas diga."

Meio hesitante, Choi Kang-woo diz o meu nome verdadeiro. Nome esse que eu não tinha ouvido na boca de ninguém nos últimos doze anos.

"Se pesquisar esse nome, terá uma noção da minha situação. Aliás, talvez esses fatos já estejam à espreita na sua mente. O presidente Han era especialista em encontrar pessoas que poderia manipular em troca de lealdade absoluta. O problema é que, depois que ele morreu, não ficou ninguém para nos proteger. O que significa que você é a minha segunda chance. Talvez agora eu consiga me aposentar usando essa identidade, em algum lugar como o Alasca, observando tranquilo os ursos-polares brincarem no meu leito de morte."

"Mas eu não sei de nada."

"Não tem como você afirmar isso. O seu cérebro está uma bagunça. Não sabemos como a Minhoca implantada pela empresa se conecta ao seu cérebro. Ainda que ela fosse extraída e examinada, seu cérebro continuaria um caos. Você está amarrado a delírios de grandeza e a uma personalidade fragmentadíssima, pois o fantasma de um homem morto está dentro do seu cérebro. Fora que está até apaixonado por uma mulher que nunca conheceu. Acha que sabe tudo sobre o elevador espacial, mas como confirmamos esse conhecimento? Ele pertencia a outra pessoa, só foi implantado no seu cérebro. Pode até haver uma armadilha escondida aí. No segundo em que a acionarmos, a sua Minhoca pode explodir como a do O'Shaughnessy. Ou pode queimar. Afinal, a transferência de memórias não é uma tecnologia perfeita. Quanto das suas próprias memórias você já conseguiu confirmar?"

A julgar pela expressão repentinamente confiante no rosto dele, bastante. Mas não lhe dou chance de abrir a boca e continuo falando.

"Sabe o que penso? Que você não tem ideias próprias, ou planos. Talvez queira voltar a perseguir borboletas e remoer as suas paixões não correspondidas pelo elevador espacial e Kim Jae-in. Todos os outros funcionários admitidos recentemente na empresa entraram num ciclo maníaco de autoaperfeiçoamento, mas e você? Claro que não. Para as outras pessoas, você parece estar tentando melhorar. Mas nada que tenha feito parece ir além de aceitar o que recebe. E quem se importa? Não é da minha conta. Porém essa sua vida terminou no momento que O'Shaughnessy tentou arrancar a Minhoca do seu cérebro. A temporada de caça está aberta, e você é o coelho. Seja tão esperto quanto o Pernalonga ou acabará morto. Na verdade, morrer poderia ser um luxo no seu caso."

"Pare, por favor!"

"Faria alguma diferença se eu parasse? Tem sorte de ter me conhecido. Não, talvez não seja sorte. Talvez tudo isso faça parte do plano do falecido presidente Han. Ross Lee é muito fraco para salvar a sua própria vida, e a ganância de Han Su-hyeon supera em muito a sua inteligência, o que significa que tudo isso poderia ser algum plano implementado para salvar o Grupo LK da incompetência de ambos. Talvez tenha sido o presidente Han que contratou O'Shaughnessy, como forma de nos alertar e chamar a nossa atenção para que possamos nos recompor. Ou não. Ele não era de confiar tanto assim na sorte. Mas vai saber, né? O que realmente entendo sobre o presidente?"

De repente, sou tomado pela minha própria frustração. Coçando a cabeça, consigo me acalmar e me aproximo de Choi Kang-woo, que parece atordoado.

"Tente ser um pouco mais ambicioso. Essa pode ser a única oportunidade para você sobreviver, e até mesmo para mim. Faça um balanço de tudo o que tem e use tudo. Pode até conquistar o Grupo LK se souber jogar direito. Vá para a cama com Kim Jae-in, se tiver sorte. Você está vivendo a fantasia de todo nerd de tecnologia no planeta. Mas..."

"Mas eu não quero."

"E por que não?"

"Ir para a cama com ela, digo. O presidente Han nunca viu Kim Jae-in dessa forma."

Como é que é? Então os sentimentos que o velho tinha por ela eram apenas amor filial? Isso é possível. Desejar a própria sobrinha, ainda que ela não seja tecnicamente sua parente de sangue, é mesmo repugnante. Não, não é isso. E não se encaixaria com o que Choi Kang-woo disse sobre as memórias do velho até agora. De qualquer forma, os detalhes podem ser analisados mais tarde.

"Uma coisa de cada vez. O mais urgente agora é nos proteger. O que significa que as Minhocas em nossa cabeça são o nosso maior problema. Não acho que fortalecer as barreiras de proteção seria suficiente. A empresa pode ficar de olho em nós através delas. Não sabemos como a sua Minhoca e o seu cérebro estão conectados, o que torna tudo ainda mais complicado. Mas espero que fique feliz em saber que conheço alguém que pode nos ajudar. O problema é..."

"Que problema?"

"Não sei se podemos confiar nela."

SOB AS ASAS DA FADA

"Que cara bonito."

"Não diga isso na frente dele. Vai pensar que você está falando sério."

"Mas não tenho certeza se ele se parece mesmo com Anton Choi."

"Isso porque programaram a máquina para encontrar cópias superficiais. E o exterior de uma pessoa é uma parte ínfima do seu charme geral."

"Ah, é? Havia algum outro aspecto nesse tal charme do Anton Choi? Sei que você achava o cara bonito, mas, além de levar uma nave espacial ao limite fazendo algumas manobras arriscadas, o que mais havia nele? E quem trabalha como piloto de testes nos dias de hoje? Não seria só outra forma de dizer que a pessoa é uma cobaia?", Sumac Graaskamp suspira, irritada, depois continua. "Em comparação, Kim Jae-in, que você acha tão sem graça, é uma pessoa de verdade. Descobriu novas biosferas em sistemas planetários alienígenas, responsáveis por realizar metade dos objetivos visionários na LK Space. Não é Han Su-hyeon, aquele espantalho, que é responsável pela LK Space hoje, ainda bem. Você pode até pensar que o amor do falecido presidente Han por Kim Jae-in é ridículo, mas não é absurdo, de forma alguma."

"Uhm... com licença", interrompe Choi Kang-woo.

Fico esperando que ele continue, mas é só isso. Ao que parece, só queria nos avisar que ainda estava ali, enquanto falávamos sobre ele.

"E aí? Qual é o plano?", pergunta Graaskamp, voltando-se para mim.

"Primeiro, precisamos reativar todas as informações do biobot e protegê-las da empresa. É por isso que viemos aqui."

"E o que faz você pensar que podemos fazer isso aqui?"

"Examinamos o cérebro de Neberu O'Shaughnessy antes de devolvê-lo a você, mas não tínhamos pensado na possibilidade de biobots, ficamos concentrados apenas na Minhoca. Mas sabe como é, quanto mais se sabe, mais se vê. Agora sei que a Green Fairy tem uma quantidade significativa de conhecimento tecnológico sobre biobots. E o conhecimento deve ter vazado das pesquisas do Grupo LK, claro."

Graaskamp joga a cabeça para trás e ri alto. Depois pergunta:

"Que vazamento, Mac? Foi a própria LK Robotics que nos deu a tecnologia. Eles precisavam fazer testes em humanos antes de comercializar o produto. Nós fomos os primeiros. Esse sujeito aqui veio depois."

"Será que O'Shaughnessy também estava sendo manipulado por um biobot?"

"Suspeitamos disso. Já trouxemos os nossos quatro funcionários que passaram pelo implante de biobot e adicionamos outra Minhoca em cada um deles. Podemos cuidar desse sujeito também, se você quiser. A questão, claro, é se você confia ou não em nós."

"Claro que não confio. Talvez você esteja mentindo para mim agora mesmo, para pegar o cérebro dele e vender pelo maior lance. Além disso, O'Shaughnessy pode muito bem ter ficado confuso sob o seu comando. Mas temos mais chances de sobreviver se confiarmos em você."

"Não pode pedir proteção a Kim Jae-in? Se eu fosse você, confiaria mais nela do que em mim."

"Vou fazer isso. Mas antes preciso saber exatamente o que temos aqui."

"Então está me dizendo que a segurança do seu amiguinho é importante, mas que você vai tentar tirar o máximo proveito da situação?"

"Isso é tão errado assim?"

"Não, mas o que será que o seu amiguinho acha disso?"

Sigo o dedo esquelético de Graaskamp apontando para o rosto rígido de Choi Kang-woo. As emoções dele estão completamente à mostra. Quase consigo entender as palavras que passam por sua cabeça só de olhar. Claro, é assustador ter o mundo inteiro na sua cola com a intenção de arrancar o seu cérebro. Mas, por uma questão de orgulho, ele não pode ir até Kim Jae-in e pedir proteção sem nada a oferecer. Ele quer manter a sua masculinidade e se postar de pé, de igual para igual, frente à mulher que ama.

"O que quer que precise fazer, por favor, faça rápido", diz ele, entre dentes.

"Se é isso que você quer, não tenho escolha. Mas não se esqueça que esse velhote está tentando usar a sua paixão não correspondida para conseguir o que quer", diz Graaskamp enquanto estala os dedos para mim.

A janela, que até então mostrava uma rua cheia de carrinhos redondos e edifícios em estilo Haussmann, escurece por completo. Fomos enganados. O escritório que pensávamos estar no primeiro andar do prédio deles está, na verdade, em algum lugar no subterrâneo. A Green Fairy estava bloqueando nossa rota de fuga esse tempo todo. Mas isso me conforta, pois o fato de Graaskamp ter investigado tão minunciosamente as nossas intenções significa que isso não foi uma armadilha criada por eles.

A porta se abre e quatro mulheres entram trazendo uma poltrona reclinável com rodinhas. Uma delas, com o cabelo desgrenhado e usando um jaleco branco, tem um rosto conhecido. Se não me falha a memória, é a dra. Billabong Fang, ou como quer que se pronuncie o nome dela. Pensamos em contratá-la para o Departamento de Relações Externas, mas ela acabou indo para a Green Fairy. Provavelmente porque poderia agir com um pouco mais de ilegalidade aqui.

As mulheres forçam Choi Kang-woo a se sentar na poltrona, seis braços com luvas pretas prendendo o corpo dele. A dra. Fang coloca um capacete steampunk em Choi, e assim que o capacete é fixado, as quatro mulheres saem por onde entraram.

"Por que toda essa pressa?", pergunto.

"Você perdeu sua noção enquanto estava de bobeira na lk? Conseguiu ser bastante discreto vindo de Bandar Seri Begawan até aqui, admito. Mas não pode baixar a guarda porque conseguiu entrar na Green Fairy. Nossa empresa pode estar cheia de agentes duplos, já parou para pensar nisso?"

"Imaginei que você estaria cuidando disso."

"Por que eu faria isso? Ainda mais eles sendo tão deliciosamente úteis."

GUERRA DE MONSTROS INVISÍVEIS

As mulheres levam Choi Kang-woo até um estacionamento onde três caminhões aguardam. Ele é colocado no caminhão da esquerda enquanto Graaskamp e eu entramos no segundo. A porta se fecha e posso sentir que estamos ganhando velocidade, mas não há vibração. É um laboratório móvel, construído pela Green Fairy usando a última tecnologia de Hollywood. Várias naves espaciais filmadoras, com tecnologia semelhante a essa, haviam subido o elevador espacial no mês anterior para filmar algum reality show de guerra espacial sendo produzido na órbita da Lua.

"Me dê a chave de acesso à Minhoca dele", diz Graaskamp.

"Não até que você me explique o que está prestes a fazer."

"Tudo bem. Vou resumir. Ao trazer Choi Kang-woo aqui, você o expôs a todos que conhecemos. Não sabemos quantos já estão atrás dele. E não saberemos disso até que os agentes duplos, que mantemos por perto por esse mesmo motivo, façam o que têm que fazer. Esses laboratórios móveis são nossa única alternativa. Acabamos de reformar nosso prédio, então não podemos fazer experimentos como este lá. Também não temos tempo para implantar uma nova Minhoca. Temos que usar a Minhoca que a LK implantou no cérebro dele. Felizmente, sabemos bastante sobre as Minhocas da LK por conta dos nossos próprios experimentos. Sabe aqueles outros implantados que foram pegos? Trouxemos três deles para a nossa empresa, para experimentarmos. Não me venha com essa cara. Estão todos bem. Um deles ficou com problema de memória, mas demos a ele um hipocampo artificial novinho em folha. Ele vai melhorar. Talvez falte um pedaço de memória aqui e ali, mas quem quer se lembrar da adolescência nos mínimos detalhes? As partes do cérebro modificadas pelo biobot e pela Minhoca são basicamente as mesmas, e ambas estão conectadas a esse hipocampo. Usar as funções básicas da Minhoca para reativar o restante das memórias não é tão difícil. Bom, pelo menos para nós não é. Já não sei quanto ao paciente. Se quebrarmos alguma coisa por lá, prometo que faremos o nosso melhor para tentar consertar. Pronto, agora me dê a chave!"

Pego o meu celular e envio a chave para ela. Enquanto a Bruxa Verde desliza o dedo no próprio celular, uma parede do laboratório móvel se ilumina. Ao que parece, é uma tela e mostra o interior do laboratório móvel em que está Choi Kang-woo. É como se nossos dois espaços estivessem separados por um vidro gigante. A dra. Fang, ao receber a chave de Graaskamp, puxa uma alavanca de ferro, que mais parece ter sido reaproveitada do laboratório do dr. Frankenstein, ligada à poltrona reclinável. Choi Kang-woo estremece e solta um grito. A dra. Fang dá uma risada maníaca. Confesso que me preocupo um pouco com o fato de ela estar se divertindo tanto, me faz pensar que a segurança e o bem-estar de Choi Kang-woo estão bem abaixo na lista de prioridades dela.

Ainda não há nenhuma vibração, mas sinto uma curva acentuada. Tento localizar onde estamos pelo serviço de mapas da minha Minhoca e do meu celular, mas o sinal de ambos é bloqueado pela barreira de proteção do caminhão. Só consigo sentir a aceleração e a rotação. Informações comumente úteis, mas não conheço Vientiane bem o suficiente para identificar a geografia local; mal sei pronunciar o nome da cidade. Vejo na tela que o laboratório móvel onde Choi Kang-woo se contorce tomou um caminho diferente do nosso. Enquanto o nosso caminhão segue em linha reta, o outro está fazendo uma série de curvas acentuadas e perigosas.

"Nós também estivemos bem ocupados esse tempo todo", diz Graaskamp, retomando a conversa comigo. "Quando recebemos o cérebro de O'Shaughnessy de Patusan, dissecamos tudo ao nível celular e analisamos cada dado de memória carregado na sua Minhoca no último ano. O biobot era uma espécie de cavalo de troia que havia manipulado a Minhoca da nossa empresa dentro do cérebro dele enquanto ele morria. Mas você acha que não sabíamos nada sobre isso? Claro que sabíamos. Achamos que seria possível invadir o sistema interno da LK através disso. Menti para você daquela vez, em Pala. Desculpe. Bem... para ser honesta, não estou arrependida.

"Quando O'Shaughnessy começou a agir de forma estranha, fomos rápidos ao capturá-lo. Ele mesmo sabia que estava sendo controlado, e quem o controlava também estava ciente de que nós sabíamos. Foi tudo um jogo para ver quem estava quantos passos à frente. E nós perdemos. Esses desgraçados foram muito sagazes. Ao que parece, as quatro Minhocas da LK pareciam estar intactas, mas eram secretamente manipuladas, e isso nos enganou quando estávamos analisando os dados da Minhoca de O'Shaughnessy. Mas quando pensamos ter entendido tudo... Sabe como é, Mac. Não é como se o mundo real tivesse reviravoltas surpreendentes tal qual nos romances da Agatha Christie.

"Pelo menos descobrimos com quem estávamos lidando. O notório Departamento de Segurança do Grupo LK. Ou alguma organização dentro do Departamento de Segurança. Cada pista nos levava para esse mesmo ponto. Tínhamos cerca de oitenta por cento de certeza antes da morte de O'Shaughnessy, e agora temos noventa e seis por cento. Depois desse incidente, ver o Departamento de Relações Externas cometer tantos erros me deixou com mais certeza ainda, porque se há uma parte no Grupo LK sobre o qual o Departamento de Relações Externas sabe pouquíssimo é o Departamento de Segurança. Estou certa? Assim como as mitocôndrias em uma célula, todos vocês eram empresas particulares antes de serem absorvidos pelo citoplasma do Grupo LK, e mesmo assim continuam competindo umas com as outras. Não há cooperação entre as unidades.

"Claro, isso não depende exclusivamente do Departamento de Segurança. Há alguém acima deles. E se esse alguém for Kim Jae-in, seria como se vocês estivessem entrando voluntariamente na boca do leão."

"Não acho que seja ela. Ela não tem motivo algum."

"Tem certeza? Você sabe quais motivos os outros teriam, por acaso? Quão bem sabe o que fazem ou deixam de fazer no olimpo do Grupo LK? Você está presumindo, pelo menos até agora, que a informação importante foi implantada no cérebro deste sujeitinho por um biobot e que a Minhoca da LK nele estava intacta, mas eu discordo. Há um segundo programa na Minhoca, que pode muito bem ter passado despercebido pela triagem do Departamento de Relações Externas. Esse programa tem absorvido e analisado o conteúdo do cérebro do seu amigo durante todo esse tempo. Pode muito bem ter enviado esses dados para outro lugar, que ainda não sabemos onde é. No fim, extrair a Minhoca do O'Shaughnessy não foi um esforço tão inútil assim."

"Por que o Departamento de Segurança passaria por toda essa dor de cabeça? Ninguém se importava com Choi Kang-woo até agora. Tudo o que eles precisavam fazer era enviar alguns especialistas ao apartamento dele à noite e trocar a Minhoca. Não havia necessidade de toda essa confusão e matança. Ou do incômodo de manipular o cérebro de um funcionário em uma agência privada de espionagem."

"Mas isso aconteceu. O tal alguém no controle tinha um plano no qual tudo isso fazia sentido. Só não sabemos ainda que plano é esse. De todo modo..." Graaskamp fica em silêncio de repente e levanta um dedo até os lábios.

Nesse momento, o laboratório móvel se desvia para um lado e nosso corpo também. Olho para a tela. Choi Kang-woo continua gritando no outro caminhão, que agora corre em uma pista reta. Será que em algum momento ele parou? Estava tão imerso na minha conversa com a Bruxa Verde que esqueci dele por um instante.

Os gritos diminuem. O capacete sai, assim como as amarras. As quatro mulheres empurram o corpo inconsciente de Choi Kang-woo para um transporte que muito se assemelha a uma cadeirinha para crianças. Nesse momento, a tela colada à parede a nossa frente desliga e um círculo vermelho se forma no centro. A máquina de Hollywood, que vinha mantendo as coisas estáveis, havia sido danificada. A dra.

Fang grita algo olhando para a câmera, e todas as outras telas à nossa volta ficam pretas.

Graaskamp faz um breve gesto, e a motocicleta em formato de golfinho que estava pendurada na parede em frente à tela recém-destruída começa a baixar. Ela estava dobrada, por isso as rodas deslizam para fora antes de tocar o chão, e o objeto pisca antes de ficar quase invisível. Seguindo as instruções de Graaskamp, sento na garupa, de onde uma estrutura se expande e se fecha ao meu redor.

"Sugiro que você se segure."

A porta de trás do laboratório móvel abre, e somos jogados para fora.

O caminhão que estava rebocando nosso laboratório móvel está agora tombado no meio de um gigantesco aterro, completamente destruído. Tenho a impressão de que vai se partir a qualquer momento. Drones e carros robotizados estão em chamas ao redor. Um drone com a membrana de invisibilidade danificada pisca no céu e cai. Vários desses drones travavam uma batalha aérea em torno do caminhão, e os que sobraram agora voam para o oeste. Metade deles deve estar do nosso lado, já a outra metade, quem sabe? Impossível dizer a partir daqui.

Minha Minhoca é ativada e abre uma janela. É um mapa. Noto um ponto vermelho correndo para o oeste. É a moto que estamos dirigindo. Mais a oeste, um ponto verde acelera em nossa direção, cercado por pontos amarelos. E estes, por sua vez, estão cercados por pontos azuis.

Uma outra janela se abre. Através de uma lente arredondada é possível ver a dra. Fang cuspir enquanto grita algo, mas em uma língua que não consigo identificar. Não sei se é africâner ou laociano. Seria a língua do P? Bem capaz.

Uma terceira janela se abre. São vídeos gravados por um de nossos drones. Vejo os contornos difusos de uma moto com membrana de invisibilidade acelerar rumo a uma fábrica abandonada. Está cercada por drones brilhantes que atiram agulhas de fogo nela. Ao longe, outra moto corre atrás da primeira, junto aos drones que escaparam do laboratório conosco. Fecho todas as janelas e vejo a moto quase invisível se aproximar correndo. Os tiros e as explosões fazem a realidade parecer uma guerra entre monstros invisíveis. Trinco os dentes e fecho os olhos. Estou muito velho para me meter numa dessas.

A moto gira e salta. Duas metralhadoras saem dela e disparam, abatendo dois drones que causam pequenos terremotos ao cair. Abro um dos olhos e solto um grito. Dois drones, com as membranas de invisibilidade desativadas, voam em direção à outra moto. Um deles bate em um terceiro drone, ainda invisível, e cai, mas o drone restante vai com tudo para a outra moto. Chamas amareladas e estilhaços de metal voam por toda parte.

Um clarão surge no céu, depois tudo escurece. A minha Minhoca é desativada. Quase que simultaneamente, todos os drones que atiravam uns nos outros perdem a invisibilidade e desabam. Um dos drones detonou uma bomba de pulso eletromagnético antes de cair.

Nossa moto para, e saio correndo. A outra moto está destruída. Onde estarão os corpos de Choi Kang-woo e da dra. Fang? Vejo metade de um corpo deitado sob um bloco de detritos, paro para olhar.

É um manequim de madeira partido ao meio. Usa uma máscara de borracha com o rosto de dra. Fang.

Escuto umas risadinhas abafadas atrás de mim. É quando percebo que faço parte de um jogo que a Bruxa Verde vinha jogando esse tempo todo.

"Até que parte de tudo isso foi real?", pergunto.

"Nada que você viu naquela tela era real, Mac. E aí, o que acha? Muito realista, não é? Um pouco melodramático, mas não há diversão no realismo."

"E o caminhão em que estava o Choi Kang-woo? Está seguro?"

"Os três caminhões eram fachadas. Não realizaríamos uma operação tão sofisticada em caminhões, não é? O seu amigo não saiu do nosso prédio durante todo esse tempo. Ou melhor, a operação dele terminou faz dez minutos e o liberamos."

UM NOME LEMBRADO TARDE DEMAIS

A minha Minhoca reinicia. Está completamente vazia. O meu assistente pessoal com a voz de George Sanders já era, assim como tudo além do sistema operacional básico. Tento me conectar com a base da LK, mas estou sem dados. Agora estou alheio à empresa de vez. Como vou explicar isso para eles? Tento dizer a mim mesmo que vou pensar em uma desculpa mais tarde, porém não consigo me livrar da ansiedade.

Tomei as medidas básicas de segurança, é claro. Dei cinco dias de férias a mim mesmo quando saí para Bandar Seri Begawan. Não vai ficar tão feio para mim. Claro, houve uma recente tentativa de assassinato, mas Miriam já está cuidando disso com a sua diligência de costume, tornando a minha presença redundante. Choi Kang-woo e eu pegamos aviões diferentes para Patusan, mas qualquer um que verifique as operações do Departamento de Relações Externas vai pensar que tomei essas medidas para evitar outra tentativa de assassinato contra Choi Kang-woo. Duas camada de mentiras convincentes. Ativei o meu avatar para o caso de emergências, então ele vai me cobrir, a menos que surja alguma situação realmente complicada. E ainda que o avatar seja desmascarado, há um plano de contingência e um outro depois desse. Isso é típico do meu trabalho. Mentir e me safar das coisas.

O problema é como isso vai soar para Rex Tamaki.

Desde que nos conhecemos, Tamaki e eu temos jogado um tipo próprio de xadrez. As descrições oficiais de nosso trabalho não deveriam oferecer nenhum motivo para cautela com informações. Mas quando uma empresa contrata duas organizações criminosas diferentes para lidar com negócios parecidos, é comum que essas organizações sejam vigilantes umas com as outras. Isso é exacerbado quando o chefe que contratou as duas morre de repente, privando-as do seu ponto mútuo de lealdade. O falecido presidente Han gostava da tensão entre nossas duas divisões e criou uma sinergia a partir disso, mas os seus sucessores, não tão perversos, provavelmente estavam pensando que seria mais eficiente eliminar um de nós, ou então nos fundir em uma única divisão. A única razão para o status quo ter permanecido é que Ross Lee, na sua preguiça confusa e hesitante, foi incapaz de nos reorganizar.

O Departamento de Segurança sempre terá mais informações, e é por isso que o Departamento de Relações Externas sempre estará em desvantagem. É por isso também que temos sido mais vigilantes com nossos esforços de aquisição de dados que com os deles. O que eles fazem em nome da segurança da empresa não costuma ter nada a ver conosco. A menos que o alvo seja o próprio Departamento de Relações Externas.

Há apenas uma coisa de que tenho certeza com relação a Rex Tamaki: ele não tem crença alguma, sendo ou não política. Uma pessoa extremamente profana e superficial. Toda chance que ele tem, está atrás de uma mulher ou de outra. E ele sente uma atração perigosa por adrenalina. Mais uma razão para estarmos em desvantagem. Ao contrário de mim, Tamaki gosta desse jogo. Ele teve bastante tempo para descobrir a minha verdadeira identidade, e se ainda não usou isso contra nós, mesmo após a morte do presidente Han, é apenas porque adora ter esse segredo. O mundo é um parque de diversões para ele, e o Departamento de Relações Externas é só mais um dos seus brinquedos. É também por isso que o Departamento de Segurança sai perdendo quando o assunto é cooperar com Han Su-hyeon. Para Tamaki, Han Su-hyeon é a pessoa mais chata do mundo.

Não acho que o Departamento de Segurança esteja por trás da tentativa de assassinato de Choi Kang-woo. Tudo foi muito desajeitado.

E não consigo pensar em nada que os faria agir dessa forma. É mais provável que eles estejam correndo por aí procurando o verdadeiro culpado, assim como nós. Mas quão perto chegaram? E se já resolveram o mistério, como vão usar tal descoberta?

Por enquanto, tenho que confiar em Miriam. Afinal, ninguém é mais sensível aos negócios do Departamento de Segurança do que ela.

Levanto e me olho no espelho. É um rosto parecido com o que eu tinha antes da cirurgia plástica, mas a sensação é diferente, como se estivesse dez anos mais jovem. O cabelo pintado de castanho-escuro e bem curto. O implante parece um pouco estranho, mas tolerável. Levou apenas duas horas. Isso me faz pensar em quais outros truques a equipe de disfarces da Green Fairy não deve ter no seu arsenal. Por enquanto, decido ignorar os inevitáveis efeitos colaterais.

Abro a porta e saio do quarto. Sigo por um longo corredor e deparo com um salão de jogos. Dois pacientes estão jogando tênis de mesa, enquanto outros dois olham para uma tela com expressões vazias. Na tela, uma orquestra composta inteiramente por mulheres vestidas de branco está tocando uma valsa do século xx.

Sento em um sofá e faço login nos registros públicos do hospital usando a Minhoca. Um homem com um nome desconhecido, mas com o meu rosto atual, está internado aqui há três dias. O currículo do homem também é bastante convincente. Contanto que ninguém tente conversar comigo em tagalo, acho que consigo me passar por ele. Não encontro ninguém que poderia ser Choi Kang-woo. Talvez ele esteja ainda mais escondido.

Sumac Graaskamp entra no salão acompanhada por um médico. Levanto do sofá e vou até eles casualmente. O médico se despede e segue para uma ala próxima. Graaskamp e eu pegamos um elevador. Estávamos no segundo andar até agora. O elevador nos leva ao décimo segundo.

Choi Kang-woo está no quarto 1205 e ainda não recuperou a consciência. O seu rosto está bastante inchado por conta dos implantes cosméticos feitos pelos médicos da Green Fairy. Os implantes ainda não foram ativados, então ele ainda parece o mesmo. Exceto pela barba aparada, provavelmente por causa da cirurgia.

"Coletamos os drones que nos atacaram e descobrimos quem tentou nos matar. Bem, é mais um 'o quê' do que um 'quem'. A empresa de transportes TGGA e a prestadora de serviços HYO", diz Graaskamp.

"O que essas letras significam?"

"Essas letras não são siglas. Devem ter sido escolhidas de modo aleatório. Ambas as empresas foram criadas por IAS que emergiram organicamente das redes globais. No Laos, esse tipo de coisa vem acontecendo nos últimos três anos. E há mais algumas dessas empresas no Quênia e em Ruanda, mas aposto que não é só isso. Está todo mundo meio que deixando as coisas acontecerem, curiosos para ver no que vai dar. Acho que devemos nos preparar. A era dos humanos está chegando ao fim. O seu Grupo LK logo logo se transformará em uma personalidade de IA.

"Não há vestígios do Departamento de Segurança. Tudo parece ter sido apagado durante o ataque dos drones. Mas o governo de Laos estava monitorando tudo, então temos alguns dados. Eles podem até não querer compartilhar informações conosco, mas temos rastros de rastros. E a polícia está investigando essas evidências."

"Não acha que é uma armadilha para a Green Fairy?"

"Podemos nos preparar para essa possibilidade, mas por que eles fariam isso? Seria uma perda de tempo para todos, inclusive para eles. Enfim, o cérebro de Choi Kang-woo foi parcialmente limpo. Fizeram um backup na Minhoca dele. Mas não conseguimos ler os dados dela, infelizmente. Precisamos do cérebro dele para isso. Então me avise quando ele acordar."

A Bruxa Verde sai, me deixando a sós com Choi Kang-woo. Olho para o corpo imóvel na cama e solto um gemido enquanto puxo uma cadeira. É como ficar sozinho com um filhotinho de cachorro que acabei de resgatar. Como se tivesse feito uma boa ação estúpida e agora visse as consequências crescendo como uma bola de neve. Será que essa foi a melhor coisa que eu poderia ter feito nessas circunstâncias?

Não teria sido melhor pegar o dinheiro que o ex-presidente me deu e deixar o Grupo LK? Me esconder? Acho que ainda dá tempo. Se optar por me vincular à Green Fairy, eles me darão um emprego, pelo menos. Com certeza Han Su-hyeon não tinha mais nenhuma razão para se preocupar comigo, ainda mais se eu houvesse desaparecido, não é?

Bom, mas agora tem. Não faz muito tempo que, para tentar me proteger após a morte do presidente Han, fiz muito alarde sobre quão importante eu era e insinuei que tinha herdado mais do que de fato herdei. Era também uma tentativa de impulsionar meu setor e nos tornar maior que os outros da empresa. Pensando nisso agora, vejo como fui um idiota. Han Su-hyeon também é, mas pelo menos não está sozinho. Está cercado por apoiadores astutos que encheram os seus bolsos, sempre às escondidas. Eles estão um pouco dispersos no momento, mas é apenas uma questão de tempo até que se reagrupem aos pés dele. Quem sabe como isso vai se manifestar assim que Ross Lee deixar a empresa. Tamaki provavelmente escolherá de que lado ficar. A diversão que eles têm comigo já terá chegado ao fim até lá.

A única maneira de sobreviver agora é tornar todo o barulho que fiz, as minhas bravatas, em realidade.

Choi Kang-woo se contorce. O monitor acende acima da cabeceira dele e toca um alerta. Ele abre a boca e solta um gemido. O corpo volta a se contorcer, e a cama de metal treme. De repente, ele agarra o meu braço esquerdo e começa a praguejar, como se estivesse falando línguas estranhas. As suas palavras, contudo, são em coreano e estranhamente antiquadas, quase arcaicas, fazendo-o parecer mais ridículo do que assustador.

Duas enfermeiras vêm correndo e o separam de mim, injetando um sedativo no pescoço dele. Os gritos diminuem e se transformam em soluços. Vou me espremendo entre as enfermeiras, até que encaro os olhos de Choi Kang-woo, que vagavam sem foco até encontrarem o meu rosto.

"Eu os matei, Mac! Fui eu quem matou essas pessoas!" A voz é de Choi Kang-woo, mas algo no tom da fala me lembra o ex-presidente Han.

"Matou quem?"

"Adnan Ahmad. E todas aquelas pessoas..."

O sedativo entra em ação, e a voz dele enfraquece. Deixo-o aos cuidados das enfermeiras e saio do quarto de hospital, atordoado.

AS PESSOAS QUE MATEI

Adnan Ahmad era um geólogo empregado pela LK Construction. Filho de um pescador de Patusan, onde cresceu. Foi para a faculdade em Taprobana e obteve o seu doutorado no Instituto Avançado de Ciência e Tecnologia da Coreia. A LK Construction o recrutou logo depois da sua formação, pensando em como a estrutura geológica porosa de Patusan a tornava perfeita para a construção de cidades subterrâneas. Em algum lugar há uma placa com o nome dele gravado junto de um poema de três linhas escrito em coreano por um poeta contratado pela empresa. Esse poeta foi contratado pelo presidente Han para viver por um ano em Patusan e escrever poemas que não deixariam as mortes e desaparecimentos dos trabalhadores da construção civil da cidade caírem no esquecimento. Ouvi dizer que os poemas são muito bons para algo feito sob encomenda corporativa, mas não sei o suficiente sobre poesia coreana para ter uma opinião mais rebuscada.

Adnan era um gigante com quase dois metros de altura e cabelos encaracolados até os ombros. Não era bonito, mas o sorriso tímido causava uma boa impressão nos outros. Ao contrário dos coreanos com quem trabalhava, ele não fazia a barba. Era um homem inteligente e habilidoso, mas também simples e honesto. Andamos juntos por cerca de uma semana e transamos duas vezes. Não estou dizendo que ele era gay, era apenas um jovem em busca de uma variedade de estímulos e experiências.

Dez anos atrás, qualquer pessoa de Patusan que tivesse algum tipo de poder de decisão no Grupo LK enfrentaria um dilema. E isso era ainda mais difícil para alguém tão honesto quanto Adnan. Tornar-se um bom cão de guarda para uma corporação multinacional ou lutar pelo seu povo? A maioria de nós, astutos que somos, encontraria alguma posição no meio do caminho. Mas isso não funcionou para Adnan. Ele era igualmente apaixonado pelo elevador espacial e orgulhoso da sua identidade patusana, o que tornava impossível para ele conciliar os dois sentimentos.

Isso foi antes da Frente de Libertação de Patusan. Naquela época, a Frente era apenas um embrião que misturava ressentimento, raiva e opiniões dispersas. Em meio a tudo isso, Adnan tentou ser fiel ao que amava. Era uma corda bamba perigosíssima para se caminhar.

Muitas pessoas tentaram se aproveitar de Adnan. Mas o geólogo ingênuo tentou pensar por conta própria em meio ao caos, agindo apenas de acordo com a sua vontade. Naturalmente, ele se tornou alvo de ambos os lados, e tudo o que acabou conseguindo foi acumular muitos inimigos. Foi uma reviravolta desconcertante. Adnan nunca sonhara que se tornaria tão político ou que seria um alvo de ódio para tantas pessoas.

O presidente Han gostava de Adnan. Estava chateado com ele, sim, mas gostava dele. "Um homem de princípios que não procura a saída fácil, que se mantém equilibrado", ele diria. Às vezes o presidente Han chamava Adnan de oportunista, comparando-o a morcegos que voam de um lado para o outro. Mas os verdadeiros oportunistas eram as pessoas à volta de Adnan, que usam a clareza política dele como arma. Óbvio que o presidente estava mais do que pronto para demitir Adnan caso ele se colocasse no caminho dos lucros da empresa.

Foi quando o incidente com os três advogados aconteceu.

Os três homens eram Lee Jae-chan, Kang Young-soo e Jung Mun-gyeong, todos parte do Departamento Jurídico da LK Space. Nós os chamávamos de advogados, mas eram um bando de vigaristas profissionais, adeptos da arte de deslizar pelo labirinto decididamente não espacial, arcaico e cheio de buracos que é o sistema legal de Patusan. Eles trabalhavam mais do que se imaginaria, até porque, por incrível que pareça, qualquer coisa poderia acontecer em um tribunal de Patusan.

Se esses sujeitos tivessem feito o seu trabalho direito, eu nem lembraria dos seus nomes. Mas é claro que eles tinham que cometer algo imperdoável. Em uma noite chuvosa de domingo, saíram da cidade nova de Patusan para a velha e estupraram duas garotas de catorze anos que estavam voltando para casa depois de visitar os amigos. Uma das garotas foi morta.

Foi uma agressão premeditada. Qualquer trabalhador com a Minhoca implantada dificilmente se tornaria um estuprador. Ao menor sinal de violência, a Minhoca teria alertado a empresa. Isso significa que eles haviam adulterado as suas Minhocas antes do crime e ainda as utilizaram como álibi. O que também quer dizer que perseguiram as suas vítimas por meses antes da ação.

Apesar de ter sido drogada, a vítima sobrevivente conseguiu se lembrar do rosto de um dos estupradores e de que havia outras duas pessoas com ele. O problema é que não havia evidência de DNA, e ninguém além da vítima para contradizer o álibi do trio. Era óbvio que eles haviam manipulado as imagens de vigilância e os drones para reforçar sua versão da história, porém, por mais que a adulteração fosse clara, as evidências eram circunstanciais. O sentimento anti-LK, que sempre estava fervendo na surdina, de repente explodiu. Para piorar as coisas para a empresa, era período eleitoral. A mãe da garota morta desempenhava um papel importante no Partido Dora, e, apesar de estarem em minoria, os eleitores nativos ainda poderiam frustrar seriamente o crescimento das operações do Grupo LK na ilha.

O presidente Han queria uma solução limpa e rápida. Rex Tamaki, recém-chegado ao Departamento de Segurança na época, assumiu o caso. Ele solicitou férias de três dias, voou para Jacarta sozinho, sequestrou os advogados e os trouxe de volta para Patusan drogados em caixas de entrega.

Os criminosos acordaram de frente para a vítima sobrevivente e a mãe da garota morta. O presidente Han explicou à garota e à mulher que resolver essa questão através de canais legais de justiça era praticamente impossível, e logo em seguida lhes apresentou sete pares de serras manuais diferentes, cada uma projetada pelo próprio Rex Tamaki para proporcionar o maior sofrimento possível. Tamaki explicou qual parte da anatomia humana produzia mais dor quando em contato com a serra giratória. Cada uma das cidadãs patusanas escolheu um instrumento, e os estupradores, depois de uma hora e meia de lamento, finalmente morreram. O Departamento de Segurança limpou e removeu os corpos, e um estranho acidente de barco foi relatado perto de Jacarta. Tamaki era muito melhor do que aqueles advogados em criar álibis.

Um final feliz. Porém os três criminosos eram mesquinhos mesmo depois de mortos. Enfurecidos pela empresa não estar disposta a protegê-los, esconderam pilhas de documentos da equipe jurídica da LK Space em um armário de dados. Ao desaparecerem, as chaves desse armário foram automaticamente entregues a várias figuras poderosas da sociedade de Patusan.

A maior parte desses documentos foi recuperada pela equipe jurídica, e o restante pelo Departamento de Relações Externas. Era exatamente por isso que o Grupo LK havia comprado a nossa empresa. Fizemos o nosso melhor para amarrar as pontas soltas, mas esse vazamento expôs várias brechas que haviam sido enterradas sob montanhas de jurisprudência. Ou seja, agora um juiz poderia decidir se os nativos de Patusan teriam direito a uma participação de quarenta por cento sobre a terra onde a cidade nova estava sendo construída. Enquanto isso, o sentimento anti-LK, que já estava em alta, agora não parecia arrefecer. E a mãe da vítima morta poderia ajudar a empresa até certo ponto, pois como ela mesma cometera um crime, não poderia dar crédito algum ao presidente Han pelo que acontecera. Aos olhos do mundo, fora o destino que matara os estupradores, não a LK.

"Mas qual é a relação de Adnan Ahmad com tudo isso?", pergunta Graaskamp.

"Ele era uma das cinquenta pessoas com direito a essa participação de quarenta por cento, além de ser primo da garota morta. À época, era absolutamente essencial para o desenvolvimento do Grupo LK na ilha. Além disso, o presidente gostava dele. De repente, Adnan se tornou a pessoa mais importante em Patusan e, apesar da reticência, assumiu o posto, reunindo todos os funcionários patusanos na LK para pressionar a gerência.

"A grande vantagem do presidente Han foi conhecer os pontos fortes e fracos de todos os oponentes que já enfrentara. E quais eram os de Adnan? A honestidade. Ele não tinha nada a esconder, era um homem simples e direto. Podia ser visto como uma pessoa complexa, considerando quão conflitantes eram a sua lealdade à Patusan e à empresa. Mas até nisso ele era simples. A situação podia ser complexa, mas ele, não. Era por isso que qualquer ação dele desencadeava um efeito cascata. Existe um tipo de poder que só pessoas simples e honestas têm.

"Em uma situação dessas, o presidente teve que apostar. Ligou para Adnan e contou a ele como os estupradores haviam morrido. Ao compartilhar esse segredo, fez de Adnan um cúmplice. Acho que Adnan se sentiu contaminado pelo crime. Deve ter concordado que a justiça prevalecera, mas ele não podia mais ser honesto. Tenho certeza de que foi aí que os outros sentiram a mudança nele — algo nele havia se quebrado. Presumiram que ele aceitara algum suborno do presidente. Não que estivessem errados, em princípio. Foi assim que o presidente, em um movimento muito simples, criou uma ruptura em um grupo de cinquenta pessoas."

"Como é que pode ser a primeira vez que ouço essa história? Claro que não sei de tudo o que se passa no Grupo LK, mas de um incidente dessa magnitude eu teria ouvido falar."

"Bem, a coisa toda terminou em um clima triste. Pelo menos do lado de fora. A empresa e os cinquenta chegaram a um acordo, o sentimento anti-LK acabou sendo esmagado pelo Partido Dora, e o endosso público da mãe da garota morta ao Grupo LK parecia convincente. Adnan e alguns dos seus colegas morreram em um ataque terrorista perpetrado por extremistas cristãos. De maneira geral, as pessoas se sentiram arrependidas e tristes com a situação. O Grupo LK também se incomodou com o ataque por terem perdido um dos seus funcionários mais essenciais, já que ninguém conhecia a estrutura geológica da ilha melhor do que Adnan. Ele tinha aqueles misteriosos dez por cento de conhecimento que a IA ainda não consegue acessar. O que descobrimos é que esse conhecimento é obtido de maneira intuitiva, através da experiência, não é? Não sei muito além disso.

"Também acreditei na história contada. Por que não acreditaria? Eu não sabia nada sobre a execução dos estupradores, e por isso não percebi quão sério o problema tinha sido. Ainda não sei muitas coisas, mas entendo que isso é o esperado pela empresa, para manter nossas mentiras convincentes."

"Então o que aconteceu de verdade, se não um ataque de terroristas cristãos?"

"Trinta e oito dos cinquenta foram mortos. Eles invadiram nosso canteiro de obras em protesto, acreditando que a empresa estava usando Adnan para manipulá-los. Não acho que tinham uma intenção ruim, provavelmente só queriam confrontar Adnan — que estava tentando se defender e defender a empresa. Ele deve ter contado a eles sobre o que aconteceu com os estupradores, mas as circunstâncias não eram boas. Eles não se importavam com os estupradores, mas perceberam que a verdade sobre a morte deles poderia ajudá-los a derrubar o Partido Dora e dar espaço para um novo ataque à empresa. A segurança precisou intervir, com aprovação do presidente Han. Eles estavam em um local tão perigoso geologicamente, com buracos gigantes sendo feitos em rochas, que não deve ter sido difícil. Aquela sempre foi uma formação geológica precária, e uma parte do terreno ceder era meio inevitável. Teria acontecido mesmo que a empresa não tivesse feito nada.

"Tudo na narrativa oficial a partir desse ponto é inventado. Trinta e cinco dos que morreram foram substituídos por personas virtuais. Esses espantalhos que existiam apenas no papel e na internet viveram a vida dos mortos. A maioria deles tinha feito parte da diáspora de Patusan e era de fato estrangeira na ilha, então foi fácil. Mas com Adnan e os seus colegas mais próximos foi mais complicado. Por isso trouxeram os extremistas cristãos. Não foi uma mentira completa, já que eles haviam mesmo plantado bombas na torre principal. Duas vezes. E foram pegos. Fora que a organização deles era tão descentralizada que muitos dos seus próprios membros não faziam ideia do que estava acontecendo. Alguns deles ainda acreditam que foi mesmo culpa da organização."

"E o Departamento de Relações Externas não sabia de nada?"

"Suspeitávamos que não tínhamos o quadro completo. Tamaki andava por aí sorrindo o tempo todo."

"Mas isso não faz sentido. Além de não ser muito a cara do presidente Han, sabe. Entendo que estupradores andando em plena luz do dia o irritariam porque ele pensou que isso prejudicaria a empresa de alguma forma. Mas havia tantas outras maneiras mais seguras de cuidar disso. Se os estupradores puderam fabricar evidências, o Departamento de Segurança também poderia. Mesmo sem esse incômodo, não havia outra maneira de uma empresa gigante como a LK cuidar de três advogados desonestos? Segundo você, o presidente tinha cem maneiras diferentes de resolver essa situação, mas escolheu agir como o gênio do mal, Ernst Stavro Blofeld."

"Quem é esse?"

"Não importa. De todo modo, isso é o que acontece quando você dá um primeiro passo errado. As coisas saem do controle. O presidente Han não tinha ninguém, um conselheiro que fosse, ou IA, para ajudar? Ele decidiu ignorar conselhos? Por que um cético tão inteligente como ele agiu de forma tão estúpida?"

"Ele estava apaixonado."

"O quê? Que absurdo é esse?"

"Pode parecer loucura, mas é verdade. Ele estava apaixonado. A nova cidade de Patusan, o elevador espacial, esses eram presentes que o presidente Han estava dando para Kim Jae-in. O presidente Han não queria que nada estragasse esse presente. Quando recebeu a notícia de estupro, teve que se livrar dela rapidamente. Foi preciso usar um sistema punitivo mais amplo do que a prisão para destruir a própria existência dos estupradores. É por isso que essas ações fizeram sentido para ele na época. Mas foram ações tomadas em um contexto de desejo pessoal que ele não poderia compartilhar com mais ninguém, e foi isso que fez com que o incidente se tornasse uma bola de neve. O que nos traz ao hoje, onde toda a culpa que ele enterrou em si mesmo está borbulhando no cérebro de Choi Kang-woo."

DESAPARECIDO

O quarto de hospital está vazio.

A cama está desarrumada, e o armário, aberto. Todos os dispositivos eletrônicos, incluindo as luzes, estão desligados. No cesto de lixo há um pedaço de papel amassado com o meu nome escrito. Parece que tentaram me deixar uma mensagem, mas desistiram.

"Quão inteligente é o seu amiguinho?", pergunta Graaskamp.

"Estamos falando de um homem cuja maior alegria na vida até alguns anos atrás era perseguir borboletas."

"Isso não responde à minha pergunta. Ele é inteligente o bastante para passar por nossas medidas de segurança e escapar do hospital?"

Graaskamp parece irritada. Saber que a rede de segurança da Green Fairy foi comprometida por um novato como Choi Kang-woo deve estar ferindo o orgulho dela. Preciso acalmá-la, provando que ele não é tão estúpido quanto parece.

"Ele sabe tudo sobre Patusan e o elevador espacial, graças aos biobots. Mas isso não o teria ajudado a escapar do hospital, teria? Provavelmente não. A meu ver, isso não é algo que ele pode ter feito sozinho. Deve ter recebido ajuda. Assim que a Minhoca foi ativada, ele deve ter se conectado ao exterior."

"Então você está me dizendo que um entusiasta de borboletas, sofrendo com grandes ilusões de ser o presidente Han, pode ter escapado com a ajuda de alguma pessoa misteriosa e agora está vagando pelas ruas de Vientiane?"

Tento calcular a possibilidade de o "fantasma" do presidente Han estar usando o cérebro de Choi Kang-woo através da Minhoca. Imagino o presidente fazendo uso do seu novo corpo, jovem, saudável e bonito para atrair Kim Jae-in. Um cenário plausível, mas pouco provável por sua obviedade. O presidente Han não era tão previsível. Também não consigo imaginar Kim Jae-in, uma mulher tão frígida quanto uma heroína de um romance gótico do século xix, caindo em tal fantasia. A coisa toda é... Como posso colocar... Completamente deselegante, e o próprio presidente Han tinha consciência disso. Esse é o motivo de ele nunca ter revelado os seus sentimentos enquanto era vivo. Mas estar morto não torna a situação toda menos desagradável.

A parte tecnológica seria um mistério. Copiar e enviar parte de memórias não é tão difícil. Mas transferir uma consciência inteira? Para o cérebro de uma pessoa viva? Poderia ser possível no futuro, mas não com a tecnologia atual. A lk tem todo tipo de invenção escondida, mas nem eles conseguiriam manter uma tecnologia desse porte em segredo por tanto tempo — toda tecnologia existe em uma teia de conhecimento finamente interconectado.

Portanto, o homem que está fugindo agora ainda é Choi Kang-woo. Um homem que tem algumas das memórias do presidente Han e que consegue enganar a segurança da Green Fairy. Mas de quem terá sido a ideia de escapar do hospital?

Do próprio, é claro. É o tipo de escolha impulsiva, simplória e estúpida que só ele faria.

No meu celular, reviso os dados entregues pela ia da Green Fairy. Existem algumas rotas potenciais de movimentação. As medidas tomadas por Choi Kang-woo para esconder os rastros, que foram eficazes durante uns vinte minutos, começam a ruir. O esforço que ele fez foi grande. Usou uma escavadeira para um trabalho que poderia ser feito com uma espátula. E já vemos os efeitos colaterais dos atos dele: todo o tráfego de Vientiane está congestionado.

Vamos fingir que sou Choi Kang-woo. Se eu estivesse assustado e tivesse o poder de travar o tráfego de uma cidade inteira, como me locomoveria? Definitivamente não com transporte público. Precisaria de algo mais rápido, flexível e com alguma privacidade. Algo que me tirasse de Vientiane o quanto antes.

Pesquiso todos os meios de transporte controlados pela LK na cidade. Não encontro nada de útil. Mas o fato de que uma das rotas indicadas pela IA leva ao porto próximo à nossa filial me preocupa.

Graaskamp e eu saímos do hospital na mesma moto em formato de golfinho e chegamos ao porto às pressas. Uso minha senha do Departamento de Relações Externas para entrar no hangar privado da empresa. Segundo o inventário, há uma coisa faltando. Um hidroavião de nível executivo para quatro pessoas. Felizmente, um segundo modelo ainda está ali de prontidão.

"O que vai fazer com o seu amiguinho depois de pegá-lo?", pergunta a Bruxa Verde enquanto me observa forçar a abertura da cabine.

"Tentar convencê-lo a agir de maneira razoável."

"E como você poderia saber o que é razoável nesta situação?"

Não tenho resposta para isso.

O PECADO DE OUTRA PESSOA

Pouso em Tamoé, onde o outro hidroavião está estacionado a céu aberto, como se estivesse zombando de mim. Está vazio, é claro. Quando me aproximo, o avião parece vacilar como um animal assustado e recua lentamente antes de decolar. Em direção a Patusan, observo, não ao Laos. Assim que chegar ao hangar de Patusan, os robôs de lá farão uma limpeza e recarga antes que ele voe de volta para Vientiane por conta própria. Nada que eu deva interferir.

Sem nenhum plano em mente, vou em direção ao distrito Gondal. Duvido que Choi Kang-woo esteja em Tamoé. Se o presidente Han estiver mesmo acordado em um canto daquele cérebro, ele não estaria desperdiçando tempo, teria ido direto para o maior depósito de lixo criado por ele, o distrito Gondal.

O governo Tamoé fez o possível para eliminar Gondal, ou pelo menos torná-lo habitável, mas falhou. Vivemos numa era em que as maiores IAs fazem mágica no planejamento e na administração municipal, libertando o mundo da pobreza, mas sempre existem locais onde a tecnologia é insuficiente. O lixo sempre se acumula em algum lugar. A LK tentou transformar esse lugar numa comunidade autossuficiente, como fizeram com os assentamentos em Pala. Porém os residentes daqui são diferentes, não têm propósito ou determinação para fazer nada. No fim, todos que queriam alguma coisa já estavam em Pala.

Venho aqui talvez uma ou duas vezes por ano e conheço bem a geografia local. Mesmo sem a Minhoca, consigo navegar entre as pilhas de contêineres enferrujados. Sei onde vivem certas pessoas importantes. Enquanto isso, drones do tamanho de moscas estão voando por aí, enviando informações para os Departamentos de Segurança e de Relações Externas. Posso até ter disfarçado a minha aterrissagem e me camuflado usando a tecnologia dos implantes faciais da Green Fairy, mas a minha equipe logo saberá que estou por aqui.

Ando pelos becos, ignorando os lugares para os quais Choi Kang-woo nunca iria. Só com isso, cerca de sessenta por cento do distrito desaparece. O que resta são os pequenos trailers domésticos que o Departamento de Segurança escondeu aqui. Como veio até aqui sem plano algum, Choi Kang-woo vai precisar de um lugar para sentar e organizar as ideias. Afinal, quantos locais seguros existem? Procuro no celular por trailers vazios. Apenas sete.

O primeiro da lista está sendo usado como armazenamento. O segundo está ocupado por cinco invasores, crianças com olhos de cadáveres, viciadas em dados, ao que parece. O terceiro trailer está no topo de uma colina. Odeio subir morros, mas é o caminho mais rápido até lá.

Ouço assobios às minhas costas, ritmados. Ao me virar, vejo três adolescentes, sabe-se lá de onde, que me seguem enquanto assobiam os diferentes temas do elevador espacial, da LK e de Patusan. Pelo visto descobriram que as progressões de acordes das melodias são semelhantes o suficiente para assobiarem juntos em harmonia. Sinto uma leve hostilidade mesclada a desprezo na cara deles, mas os corpos magricelas e as barrigas inchadas revelam que esses jovens não representam uma grande ameaça. *Por que viver assim?*, penso. Bastaria alugar o cérebro e o corpo por cinco horas diárias ao Grupo LK e para estar livre desse inferno repleto de estupradores e ladrões, recebendo toda a comida e todos os remédios que precisa, em vez de passar a vida como uma ameaça ambulante à sociedade.

Chego ao terceiro trailer. Tinha pensado em assustá-los com a minha arma elétrica, mas os garotos param no meio do caminho e mastigam alguma coisa marrom não identificável, parecida com gravetos, me observando. Limpo o suor da testa e acalmo a respiração. Os mosquitos voam na minha cara. Não duvido que metade desses insetos estava ameaçada de extinção antes de serem revividos pelos biólogos da LK.

Giro a maçaneta, e a porta está destrancada. Todas as janelas estão cobertas por persianas, não há nenhuma luz. Acendo a lanterna do celular e entro. O chão está coberto de algo pegajoso, grudando na sola do meu sapato. É sangue. Estou em uma poça de sangue. Vejo, no meio dessa poça, uma mão grande, pálida e ensanguentada. Não é de Choi Kang-woo. É grande e peluda demais.

A mão está ligada a um braço tão musculoso quanto o de um lutador. Esse braço, por sua vez, foi cortado na altura do ombro. O torso do qual foi removido ainda tem uma cabeça presa a ele, mas por pouco. Viro a cabeça alongada com a ponta do meu pé. Olhos cinzentos arregalados, cabelos loiros curtos, uma tatuagem de dinossauro, um carnotaurus, cobrindo metade da testa. É Hokon Larsen. Braço direito de Rex Tamaki.

Ao lado de Larsen está a arma que o cortou em pedaços. À primeira vista, parece um daqueles aparelhos usados para fortalecer a musculatura da mão. Mas quando o levanto, sinto um peso, e outro aparelho igual ao primeiro salta do escuro. As duas partes estão conectadas por um tubo da LK — um material usado nos cabos do elevador espacial e que ainda é produzido em Patusan. A arma parece simples, mas sei que é forte o suficiente para cortar um homem adulto como se ele fosse manteiga. Agora entendo. Uma mera arma elétrica jamais satisfaria os impulsos sádicos de alguém como Larsen, e foi por isso que ele trouxe esse "cortador de corpos" para usar nas suas vítimas. Parece que não deu certo. Ele é o tipo de homem que tem mais de cinquenta armas nunchakus expostas em casa. Eu sabia que ele morreria assim algum dia.

Olho em volta à procura de alguma parte de Choi Kang-woo, mas só vejo sua jaqueta rasgada e ensanguentada. Há também um pedaço de cueca, aparentemente de Larsen, rasgada para ser usada como bandagem. Choi Kang-woo não deve estar muito ferido.

Saio do trailer. Os garotos ainda mastigam os gravetos e me observam. Provavelmente viram Choi Kang-woo e Hokon Larsen entrarem nesse trailer. Não sinto curiosidade nos olhares deles. Não somos interessantes o suficiente.

Olho para a aldeia lá embaixo. Há pouco tempo, o Departamento de Segurança da LK fez uma bagunça em uma das praças. A iluminação forte está ligada e as pessoas estão reunidas. Algo me atrai, e desço até lá.

Uma idosa está discursando, mas não entendo o que ela diz. Provavelmente fala em bugis, uma língua que nunca pensei em aprender. Se a minha Minhoca estivesse conectada à empresa, eu conseguiria usar o tradutor simultâneo, mas do jeito que as coisas estão acaloradas, apenas paro no meio de uma multidão e ouço gritos em uma língua que não entendo.

De repente, a multidão se move. Junto dela, reconheço uma voz. É Choi Kang-woo. Ele está subindo ao palco, vestindo uma camisa encharcada de sangue. E falando em bugis. Sei que está lendo uma transliteração gerada pela Minhoca e está gaguejando. Não consigo entender o que ele diz, mas os nomes que menciona são muito familiares. Nomes nos quais pensei recentemente. Os trinta e oito assassinados. Não preciso de tradutor para entender as frases curtas que se seguem.

"Eu matei essas pessoas. Sou um assassino."

Ele está tentando extirpar os pecados que herdou. Lembro da estátua da Virgem Maria no quarto dele. É assim que os católicos pensam? Mas isso não é uma forma de suicídio?

O público, ainda em estupor, começa a se aglomerar. Arrastam Choi Kang-woo para fora do palco. Não consigo ver nada, mas ouço gritos. São altos e claros. Pego a minha arma elétrica e vou em direção a eles.

Ouço tiros atrás de mim. A multidão faz silêncio. Viro-me e vejo o rosto de alguém que nunca sonhei que estaria aqui. A prefeita Nia Abbas. Escoltada por quatro mulheres armadas. A multidão se abre como o mar Vermelho, revelando o corpo ensanguentado de Choi Kang-woo no chão.

A prefeita fala em bugis. Mais uma vez, não entendo nada, mas a maneira de falar é, como sempre, banal, descontraída, como se nada fora do comum estivesse acontecendo. Mesmo com algumas pessoas gritando, ela só dá de ombros e responde em tom firme. A multidão vai se acalmando e começa a se dispersar.

Choi Kang-woo cambaleia para se levantar. O rosto sujo está fechado numa careta. Sem dúvida, um anticlímax. Ele veio até aqui preparado para morrer, mas a prefeita acaba de transformar o seu dramático martírio em um incômodo público insignificante.

Duas mulheres ajudam Choi Kang-woo a ficar de pé. A prefeita faz uma careta de desdém e diz:

"Você já parou para pensar nas pessoas que teriam que limpar a sua bagunça? Claro, tudo estaria acabado para você assim que você morresse. Mas o que acontece conosco? Nós, as pessoas conduzindo esta investigação há anos? E quanto àquela multidão, todas as pessoas que você estava disposto a transformar em assassinas para a sua conveniência? O que aconteceria com elas?"

"Ah, m-mas..."

A prefeita corta a fala hesitante de Choi Kang-woo com uma resposta direta:

"Vocês, pessoas da LK, precisam começar a viver no presente. Não basta que tenham imitado os imperialistas ocidentais do século XIX, agora também estão imitando a culpa deles? Não poderiam se dar ao luxo de pular algumas etapas? O que é que estão pensando, ainda mais numa época em que levamos elevadores para o espaço? Será que, para vocês, ainda parecemos selvagens num romance vitoriano?"

A SEGUNDA INSPEÇÃO

"Tamaki fez um bom trabalho", admite a prefeita. "A princípio também não sabíamos que os espantalhos tinham substituído as vítimas do desabamento. E o Departamento de Relações Externas também não sabia, correto? Mas será que isso é o tipo de coisa que poderia ser mantida em segredo para sempre? As pessoas não desaparecem assim tão facilmente. Elas ainda tinham parentes e amigos por aqui. É absurdo pensar que nenhum deles acharia isso suspeito. A única esperança de ocultar a história era que fosse enterrada no meio da confusão. E a foi assim que a verdade acabou se tornando uma grande teoria da conspiração sem qualquer credibilidade, por conta dos esforços do Departamento de Relações Externas."

"É que trabalhamos melhor quando não sabemos a verdade", digo com a voz baixa, hesitante.

"Essa investigação está aberta faz cinco anos. Há dois, já tínhamos provas suficientes para pressionar o presidente Han. Nenhum de nós poderia imaginar que o velho morreria tão cedo. Nosso timing foi atravessado pelas eleições. Mas essa informação ainda é politicamente válida. Não temos intenção alguma de descartá-la só porque um funcionário estúpido foi possuído por um fantasma e se sentiu culpado de repente."

"Você não pensou em revelar a verdade desde o princípio?"

"Isso vai acontecer algum dia. Mas se só contarmos às pessoas o que aconteceu, o que ganharíamos? Um processo arquivado junto com todos os outros crimes cometidos pela LK. Este nem é o pior deles. A sua empresa é responsável pela morte e ruína financeira de inúmeras pessoas todos os anos. É tão corriqueiro que ninguém mais se importa. Este caso é especial só porque está manchado com a culpa do presidente Han. É uma vantagem para nós."

"Então o que você vai fazer agora?"

"Focar em Jae-in. Ross Lee não tem cérebro e Han Su-hyeon é apenas uma imitação barata do falecido avô. Nenhum deles seria um bom alvo para chantagem."

"Kim Jae-in não tem intenção de assumir o controle da LK."

"Não me importo com quem vai tomar o poder. Ross Lee não faz nada e ainda assim a empresa continua bem. Pouco a pouco a LK está ultrapassando os limites do controle humano. E Jae-in é a pessoa mais próxima ao grupo de IA, que é o que realmente controla a empresa. Ela também foi minha colega de quarto na faculdade. Você já deve saber disso."

Claro que eu sabia.

O problema foi que subestimei Kim Jae-in e Nia Abbas. Nem cheguei a pensar nelas.

Olho ao redor da sala em que estamos há pelo menos uma hora. Fica no porão anexo a uma delegacia de polícia nos arredores do distrito Gondal. Será que o uso dessa sala pela prefeita pode significar que o governo de Tamoé também está envolvido? Ou a prefeita é muito boa em obter uma ampla gama de aliados?

A porta do banheiro se abre, e Choi Kang-woo sai. Está de roupas novas que a equipe da prefeita comprou para ele em um mercado próximo e, tirando alguns hematomas, o rosto está limpo. Limpo, mas distorcido em raiva e vergonha. Ele deve ter planejado a própria morte como um final perfeito. Assumir os pecados do presidente Han e queimar até virar um punhado de cinzas, limpando o elevador espacial, purificando tudo relacionado a Kim Jae-in. No entanto, Nia Abbas frustrou os planos dele. Agora que a explosão de adrenalina está passando, ele está com medo de morrer e tudo o que quer é ir encontrar a irmã em Yeongwol. Não sabe qual será o próximo passo. Nem é preciso telepatia para ver o que está passando pela cabeça dele.

"Eu matei um homem", diz Choi Kang-woo, como se tivesse a esperança de que esse assassinato fizesse algo pela sua existência miserável.

"Eu sei. Mas não temos como provar isso. Dois homens do Departamento de Segurança da LK acabaram de conferir a cena do crime, e um incêndio começou quando eles saíram, mais ou menos há uma hora. Os drones apagaram o fogo, mas nenhum corpo será encontrado. Uns quinze minutos atrás, o noticiário de Patusan relatou a morte de um funcionário da LK Space chamado Hokon Larsen, de quarenta e três anos e interesse em esportes radicais. Ele morreu em um acidente de avião particular perto do porto de Patusan, o corpo não foi encontrado por conta das ondas... e por aí vai. O corpo dele deve ter virado comida de tubarão agora. Fico feliz que ele pelo menos tenha feito uma contribuição nutritiva para a fauna local."

"Isso não muda o fato de que sou um assassino."

"Foi legítima defesa, não? Se alguém vier até você com uma arma, é claro que você vai tentar se proteger para não ser decapitado. A sua vida é mais importante do que a da outra pessoa. Sempre. Nem o falecido Larsen não ficaria ressentido com você por isso. Agora podemos falar sobre algo mais importante. Quem é você? Ainda é Choi Kang-woo?"

Choi Kang-woo hesita e depois assente.

"Você tem as memórias do falecido presidente Han Jung-hyeok?"

Ele acena mais uma vez.

"Então sabe quem matou o presidente?"

Incrédulo, olho para Nia Abbas. A prefeita ainda parece relaxada, quase sonolenta, e completamente alheia a qualquer sinal que eu envie para ela.

Choi Kang-woo, com a postura curvada, desaba em um sofá à nossa frente. As feições dele começam a relaxar pouco a pouco.

"Quanto você sabe?"

"É muito provável que o presidente Han tenha morrido de overdose de Soma-T, não é? Se isso for verdade, ele foi morto usando um medicamento para astronautas que ele mesmo encomendou? O corpo foi cremado sem autópsia, o que significa que não há como provar nada. Contudo, foram observados alguns sintomas clássicos de overdose de Soma-T no comportamento e na aparência dele antes de morrer. Pode não ser isso, mas é tudo muito suspeito. Se o presidente tivesse vivido mais um mês, a situação da nossa investigação teria sido completamente diferente. Han Jung-hyeok estava ciente de que nós sabíamos que ele havia disfarçado os assassinatos de acidente e estava se preparando para negociar conosco. A torre do elevador espacial estava pronta e funcionando. Havia surgido um novo caminho para a humanidade no espaço, e isso era suficiente para ele. Não teria se importado se alguma outra empresa tivesse assumido o controle da torre naquele momento, ainda que houvesse pessoas na LK que achassem isso inaceitável. Vou perguntar mais uma vez: nossas suposições estão corretas?"

"S-sim, parece que sim."

"Você sabe quem o matou?"

"Não sei. Ele sempre teve a sensação de que seria assassinado. Mas as minhas memórias ainda são incompletas. Parecem colagens feitas com recortes de revistas. Acho que a última lembrança que tenho é de dez dias antes da morte dele. Foi quando a Ópera Nacional da Austrália realizou a última apresentação de *Il Trovatore* por aqui. Lembro de Renata Yoon cantando 'Stride la vampa', e o presidente tremia quando começou a chorar. Ele já sabia que vocês tinham descoberto a verdade sobre o massacre. E sentiu culpa. Não sei dizer o que ele pretendia fazer em relação a isso. Estava em estado de pânico. Por fora, parecia aproveitar os últimos anos áureos, mas, por dentro, as coisas estavam piorando cada vez mais. Acho que ele queria se encontrar com vocês. Mas não tenho certeza. Estas são as memórias que me foram deixadas e faltam partes importantes. Não é que esteja desorganizado, sabe? É que o resto está em outro lugar. Às vezes sinto que me tornei o ex--presidente e deixo escapar coisas que ele teria dito, mas é só isso. Não acho que queriam que eu tivesse mais do que isso. É o que sinto."

Choi Kang-woo está sem palavras, e a prefeita não parece interessada em dar continuidade à conversa. Olho para o rosto dos dois, um de cada vez, e reúno as novas informações na minha cabeça. O ridículo é que não há nada verdadeiramente novo aqui. Havia boatos de que o presidente Han havia sido envenenado um dia antes de morrer. O boato sobre o envenenamento por Soma-T também já existia. Suspeitava-se que a própria LK o matara. O Departamento de Relações Externas criou partes desse boato, para que os outros também perdessem a credibilidade. Se eu quisesse, poderia apresentar uma série de argumentos falsos contra o que Choi Kang-woo e a prefeita acabaram de falar. E seriam argumentos com base em provas. Mas com que propósito? O objetivo desta reunião é chegar à verdade. A minha contribuição aqui seria inútil.

"Afinal, quem é esse 'nós' que você tanto menciona?", pergunto, por fim.

"O governo de Patusan. Não somos a Frente de Libertação ou um núcleo minoritário do Partido Dora. Acharam mesmo que abriríamos mão da nossa soberania tão facilmente e viveríamos o resto de nossos dias como fantoches da LK? Mas não estamos aqui para pregar alguma variante inútil do centrismo indígena, nem para expulsar a LK ou nacionalizar o elevador espacial. Nosso objetivo é ter um governo que funcione. Um país que possa proteger os seus cidadãos das ambições maníacas do conglomerado multinacional que o domina. Onde não tenhamos que ignorar o fato de que algum presidente *chaebol* massacrou dezenas de pessoas do nosso povo e espera que tudo continue como sempre foi, para que não seja um estorvo para o seu ego. Um tipo de país onde não precisemos agradecer ao mesmo homem por serrar alguns assassinos em nosso nome, alegando fazer justiça. Nós estamos falando de um país decente."

VOLTA À PATUSAN

Choi Kang-woo e eu estamos no convés de um translado de Tamoé para Patusan. A chuva fraca parou há pouco, mas o céu ainda está nublado. Acima da ilha de Patusan, estrelas roxas desaparecem lentamente entre as nuvens. As aranhas carregam peças no *Dejah Thoris III*, um cargueiro que fará a rota Terra-Marte. Quando estiver concluída, será a maior nave espacial tripulada já construída.

A partir do momento em que o elevador espacial de Patusan começou a operar, coisas que antes só eram possíveis na imaginação começaram a se materializar. As naves e estações espaciais tornaram-se maiores e mais luxuosas do que jamais se imaginou. No ano passado, o número de naves espaciais caçadoras de asteroides ultrapassou as mil embarcações. No ano que vem, um grupo de mil e quinhentas naves espaciais compactas partirá para uma jornada de quarenta e cinco anos em direção à Proxima Centuri, na constelação de Centauro. E, em cinco anos, a primeira colônia de cilindros O'Neill começará a ser construída. O espaço está se tornando um lugar cada vez mais amigável para os humanos, e o ritmo dessa mudança é vertiginoso.

Choi Kang-woo, usando um boné de beisebol preto puxado tão para baixo que a aba quase cobre os olhos, está encarando a água do mar cintilante. De perfil, ele ainda se parece um pouco o mesmo, mas de frente, sem o boné, é uma pessoa bastante diferente. Sei que ele também acha o meu rosto estranho. Não é o mesmo de quando me conheceu e de quando saí do hospital em Vientiane. Pareço mais jovem, gordo, despreocupado e calmo.

Estamos conectados através de nossas Minhocas. Consigo ouvir e ver o que ele faz e vice-versa. Ao contrário de antes, nossas Minhocas não estão conectadas à IA de Patusan, o que me dá a sensação de que estou algemado a ele em uma cela de vidro.

O translado se aproxima do porto, e os passageiros no convés começam a descer enquanto robôs de carga se preparam para descarregar. Ao longo da enseada, edifícios de vidro refletem a luz do sol, brilhando em amarelo entre as nuvens.

Desembarcamos e nos juntamos à multidão de trabalhadores que chegam à cidade nova. Não são funcionários com contrato permanente com a LK, mas pessoas subcontratadas pela agência de empregos Dobbs, com sede em Pala. A agência é o último vestígio da família colonial Dobbs, que governou Pala como se fosse a realeza durante duzentos anos. No papel, também somos funcionários deles: os irmãos Eugene e Winston Hwang. Nosso novo rosto, alterado com implantes cosméticos, carrega alguma semelhança familiar.

Os irmãos Hwang são ambos de nível H2, ou seja, trabalhadores humanos intermediários. Na LK, os humanos de nível intermediário precisam ir ao banheiro de vez em quando, fazer uma pausa para comer e têm problemas de concentração, mas podem realizar trabalhos bastante complexos no mundo real. Ainda existem lugares onde o trabalho humano é mais barato que o dos robôs, por isso a permanência dos H2.

A maioria dos H2 opera nas entranhas, ou seja, no interior da cidade nova, onde não há janelas. O nome "entranhas" é uma metáfora tragicamente precisa. Tudo o que é essencial para a subsistência de Patusan — como dois geradores de fusão nuclear, fábricas que produzem cabos e aranhas, túneis de transporte, processamento de água do mar e esgoto — está escondido dentro da montanha. O buquê de joias brilhantes que constitui a superfície da cidade nova é apenas uma bela fachada.

"Chegará o dia em que não precisaremos de mais nada disso", dizia o presidente Han, um ano antes da sua morte, enquanto olhava para os H2 em carregadeiras de energia, construindo os trilhos que conectam a segunda usina de fusão ao porto.

"Quando chegar a hora, os seres humanos não farão mais nada de produtivo. Serão apenas desejos concentrados. Andrei Kostomaryov diz que vai continuar perfurando aquelas latas e enchendo o sistema solar com cem bilhões de humanos, mas o que faremos com tantas pessoas? Nossos desejos são monótonos e tediosos. A criação de um zoológico com cem bilhões de macacos espaciais deveria ser o objetivo final da nossa espécie?"

O presidente nunca mencionou essas coisas na frente do maior cliente da LK Space, para não estragar o clima. Por mais que não fosse fazer muita diferença. Ainda não há como Kostomaryov construir os seus cilindros O'Neill sem a nossa ajuda. Serão necessárias mais três décadas, pelo menos, até que haja outro elevador espacial, se é que será construído. Mesmo assim, é provável que esteja em Marte.

Disfarçados de H2, fomos enviados pela prefeita Nia Abbas para uma mina de cobre que foi extinta há dois séculos. Da última vez que esteve em uso, há mais de oitenta anos, a caverna miserável funcionou como bar. Agora está sendo remodelada como espaço de armazenamento de um museu. Desempenhamos trabalhos árduos para que pareça que estamos fazendo algo importante, e quando o primeiro turno do almoço começa, às onze, saímos da mina. Após tomar um banho, vestimos roupas civis e nos misturamos à multidão da cidade nova. Funcionários de empresas espaciais de trinta e dois países, entre cientistas, turistas e trabalhadores do setor de serviços. Pessoas que vivem na superfície, ao contrário dos H2.

Cruzamos com uma trupe de bailarinos tchecos em uma entrevista em vídeo, ao vivo, robôs de hotel transportam bagagens como se estivessem fazendo malabares, um grupo de meninas discute a possível descoberta de um terceiro sistema planetário que pode sustentar a vida, além de turistas americanos que seguem um drone com a bandeira dos Estados Unidos, até chegarmos à praça das Rosas. Esse é um grande círculo cravado na montanha, com cerca de duzentos metros de diâmetro, e um dos poucos espaços ao ar livre da cidade.

No meio da praça, cercadas pela multidão, estão três pessoas paradas em pé. A prefeita Nia Abbas, Andrei Kostomaryov e Kim Jae-in. Estão dando uma palestra desde as onze horas sobre o Projeto Argos, um plano para enviar duzentos telescópios à órbita do sistema solar entre Júpiter e Saturno. A prefeita, em tom imparcial, vai conduzindo a discussão, enquanto Kostomaryov, em tom maníaco, fala cheio de entusiasmo sobre o escopo da empreitada, e Kim Jae-in, em tom calmo, continua tentando trazê-lo de volta à realidade. Seguem perguntas para Kim Jae-in e Kostomaryov. Enquanto Kim Jae-in fala de maneira econômica e precisa, Kostomaryov parece considerar cada pergunta como uma oportunidade para discursar, dominando quase todo o tempo das respostas. Segundo ele, se o projeto for bem-sucedido, vai presentear a humanidade com os maiores olhos que já teve, uma conquista monumental, equivalente a viajarmos nós mesmos para diferentes sistemas solares...

O evento termina às 12h40. Kostomaryov sobe a escada rolante até o aeroporto, e a prefeita retorna à prefeitura. Kim Jae-in, junto de dois guarda-costas, entra no elevador destinado aos funcionários da LK. Usamos nossos crachás da Daedalus Space Development Corporation para segui-los lá dentro. O elevador começa a descer, e ouvimos uma melodia do século xx. A interpretação da orquestra Percy Faith para a música-tema do filme *Amores clandestinos*. Parece um tipo de aceno da IA de Patusan para Kim Jae-in, mas não sei o significado por trás disso. O humor da IA frequentemente passa despercebido pela interpretação humana.

Kim Jae-in está vestindo um terno Reventon preto e o cabelo está preso em um longo rabo de cavalo. Não está usando maquiagem, e a expressão parece severa, determinada. Como o rosto é perfeitamente simétrico, a pintinha na bochecha direita parece ainda mais proeminente. Ela encara fixamente o canto do elevador onde a parede e o teto se encontram, como se estivesse desafiando um fantasma invisível lá em cima a piscar.

Olho de soslaio para Choi Kang-woo. Ele parece apavorado, tremendo enquanto observa os próprios sapatos. Suponho que essa seja a primeira vez que vê Kim Jae-in pessoalmente, e não pelos olhos do presidente Han. Se ele fosse o protagonista de um romance, esta seria a parte em que ele falaria coisas tão bonitas que seria como vê-los fazendo amor, mas o verdadeiro Choi Kang-woo está sendo apenas patético. Deve estar apaixonado demais para pensar com qualquer coerência.

As portas do elevador se abrem, e entramos no ninho. Kim Jae-in caminha em direção a uma parede com uma longa tela, mas nós dois vamos em direção à área de bebidas. O rosto que preenche a grande tela é o de Stella Siwatula, diretora-geral da Polícia Internacional. A voz dela pode ser ouvida apenas por Kim Jae-in, mas já sabemos o que está dizendo.

O ninho, ou base da aranha, fica cinquenta metros abaixo do nível do mar. Por conta do nome "elevador espacial", as pessoas tendem a pensar nos equipamentos como grandes caixas puxadas para cima e para baixo por cabos, mas, na verdade, cada aranha é uma nave espacial independente com funções e formatos altamente especializados e variados — e cada vez mais complexos. Nem todas as aranhas são construídas para transportar cargas ou passageiros. Cinco delas, atualmente presas ao cabo, existem apenas para reparos; para passageiros usam-se os grandes "ônibus", e alguns "caminhões" transportam carga, no cabo entre eles existem os pequenos "operários" que engrossam o cabo com os tubos finos produzidos pela LK. Desde o começo, o cabo só ficou mais grosso e forte.

No meio do ninho está o pilar do elevador. Antes de se conectarem ao cabo, as aranhas percorrem trilhos daqui até o último andar. O cabo começa a duzentos metros acima do nível do mar, e há uma equipe de manutenção separada que cuida exclusivamente do pilar, cuja gestão é responsabilidade do último andar.

Até hoje, três aranhas subiram no pilar e no cabo para o espaço. Duas carregando peças para o *Dejah Thoris III* e uma levando comida para a tripulação no terminal da estação espacial. Agora mesmo, chegaram três aranhas planas em forma de lágrima, destinadas a três astronautas que se dirigem para a *Clement*, uma espaçonave a caminho de Mercúrio. Os trabalhadores estão instalando cápsulas espaciais para a viagem de dois dias. A velocidade melhorou muito, mas ainda é uma desvantagem crucial quando se trata de viagens em elevadores espaciais. Qualquer pessoa com pressa pode optar por outro excelente produto da LK Space: os skyhooks.

O rosto da diretora-geral Siwatula desaparece, substituído pelo novo anúncio da LK com uma menina cavalgando em um dragão até as estrelas. Kim Jae-in conversa com os trabalhadores que inspecionam a aranha. Respiro fundo e me aproximo deles.

"Olá, diretora Kim Jae-in. O meu nome é Tazuya Tawahara, da Daedalus Space Development Corporation. Eu te enviei um e-mail ontem."

Kim Jae-in concorda. Lentamente, vamos até onde Choi Kang-woo está esperando. Quando o meu braço quase encosta no dela, Kim Jae-in faz uma careta e não tenta esconder a sua reação. Lembro, tarde demais, que ela abomina todas as formas de contato físico, por mais leves que sejam.

A minha mente está acelerada. Eu, Kim Jae-in, a comitiva atrás de nós, os trabalhadores inspecionando as aranhas e os inúmeros fios conectando Choi Kang-woo desenham vários polígonos que mudam de lugar constantemente na minha cabeça. Justo quando tenho certeza de que os polígonos se uniram em uma forma perfeita, pego a minha arma elétrica, agarro a cintura de Kim Jae-in com o meu braço esquerdo e seguro a arma contra a cabeça dela.

"Isto não é um teste, senhoras e senhoras. Se vocês valorizam a vida desta mulher, devem ir embora imediatamente, todos vocês."

O ninho fica em silêncio num instante. Ao meu alcance, Kim Jae-in emite uma série de gemidos de nojo e raiva, que finalmente convencem os outros de que estou falando sério. Sinto satisfação.

Eles começam a recuar devagar. Todos, exceto um dos guarda-costas, que se mantém firme, olhando para nós. Movo o cano da arma elétrica até o pescoço de Kim Jae-in e pressiono o botão azul acima do gatilho. Com um clique, a arma dispara uma agulha misturada com tranquilizante, e Kim Jae-in desaba nos meus braços, inconsciente. Aponto a arma para os retardatários e começo a recuar. Assim que o último membro da comitiva desce as escadas, ativo o programa Golem (que desenvolvi com a minha Minhoca) e fecho todas as saídas e canais de comunicação. Como Kim Jae-in perdeu a consciência, também perdeu o controle da própria Minhoca. Ao menos, é isso que esperamos que as pessoas de fora acreditem.

Deito Kim Jae-in em um sofá vermelho encostado na parede. Choi Kang-soo tenta ajudar, mas o afasto. O mínimo que posso fazer por nossa refém é garantir que o apaixonado Choi Kang-woo nunca encoste a mão nela.

O anúncio da garota em um dragão na grande tela muda para o noticiário. Aparece a imagem de um âncora de IA do *Patusan News*, chamado Maxin Sunwoo.

"Uma situação com reféns na torre de Patusan está em andamento. Dois infiltrados disfarçados de Tazuya Tawahara e Cho Min-jung, da Daedalus Space Development Corporation, estão mantendo a diretora do Instituto de Pesquisa e Desenvolvimento Espacial da LK, Kim Jae-in, como refém no ninho, segundo relatório policial. As suas demandas ainda não foram reveladas... Atualização. Novos relatórios dizem que os sequestradores são, na verdade, trabalhadores de nível H2, Eugene e Winston Hwang, subcontratados pela Dobbs. Mas essas identidades também podem ser falsas, já que, até agora, ninguém da empresa reconhece essas pessoas..."

De repente, a tela fica preta. Nesse momento, sinto a presença de alguém atrás de mim. Seria o fantasma do presidente morto? Não. Algo muito mais substancial. Viro para olhar.

Sorrindo fraco para mim está um espectro fantasmagórico de Kim Jae-in.

Olho para a Kim Jae-in deitada no sofá atrás do espectro e depois para o próprio espectro. Pela expressão de Choi Kang-woo, não sou o único a ver fantasmas por aqui. Por um breve momento, fico maravilhado com a estrutura da mente dela. Imagina tudo o que acontece lá dentro!

"E o que foi que você fez com Ross Lee?", pergunta o fantasma.

CULPADO INESPERADO

O ex-presidente costumava dizer que o único trunfo de Ross Lee era a própria inexistência. Ele não assumia nenhuma posição em discussões, não pertencia a grupo nenhum, não tinha carisma algum, nem liderança ou visão. Sem vantagens, mas também sem desvantagens. Era imaculado e inofensivo, não escondia nada. Um pouco interessado demais em rapazes bonitos e um pouco chorão após o recente divórcio do segundo marido (muito mais jovem), mas até mesmo esse defeito era menor em comparação às mentiras que circundavam os outros chefões da LK.

"Eles vão colocar Ross Lee no meu lugar. Assim que eu morrer, vão querer que a empresa funcione na inércia. Os acionistas também vão gostar", previu o ex-presidente Han, com desdém.

Sob o comando de Ross Lee, o Grupo LK seguiu conforme esperado. A LK Space atingia seguidas conquistas e uma série de outros acontecimentos continuavam, à maneira dinâmica dos coreanos, mas Ross Lee não interferia em nenhum desses projetos. Na verdade, o falecido presidente Han era uma presença mais viva na empresa do que o próprio Ross Lee.

Então imagine o meu choque quando soube que a Green Fairy havia descoberto evidências de que Ross Lee teria se intrometido no cérebro de Neberu O'Shaughnessy. Não só porque fui enganado, essa nem é a questão aqui; fiquei irritado com o fato de Ross Lee ter se revelado mais do que um mero pau-mandado de cabeça vazia.

Não sei. Talvez eu tenha estado inconscientemente apaixonado pela insignificância dele durante todo esse tempo.

"Adicionar Ross Lee à equação equilibra tudo", diz Sumac Graaskamp por telefone antes de nossa pequena incursão no ninho.

"O presidente Han estava preocupado que Han Su-hyeon e o Departamento de Segurança o traíssem, e ele não baixou a guarda para esse cenário. Então, quem poderia ter rompido essa barreira de suspeitas para entregar o veneno fatal a ele? Será que o ex-presidente teria previsto que o seu amigo de trinta anos cometeria traição?"

"Mas por quê? O sujeito não tem ambição ou ganância alguma. Eles tiveram que forçá-lo a ocupar o cargo que tem agora."

"Como é que eu vou saber? Não leio mentes, Mac. Mas as evidências existem: no cérebro de O'Shaughnessy, na LK Robotics e no Departamento de Segurança. Ele é o culpado inesperado que foi capaz de afastar todas as suspeitas desde o princípio."

"Ross Lee nunca assumiu o controle do Departamento de Segurança. Sei que disse que não tínhamos ideia do que estava acontecendo dentro do Departamento de Segurança, mas conheço Rex Tamaki. E ele não é o tipo de pessoa que aceitaria ordens de gente como Ross Lee. Tamaki o desprezava abertamente. Ele teria sido muito mais sagaz se fosse, de fato, subordinado a Ross Lee."

"Faz sentido. É tudo um pouco estranho e amador demais para ser coisa de Tamaki. Mas Ross Lee é amador, e foi por isso que encontramos esses vestígios. Nem Ross Lee nem Han Su-hyeon conseguiram assumir o controle total do Departamento de Segurança, mas esquecemos que há técnicos que trabalham lá e são leais ao Ross Lee. A única maneira de essas pessoas ajudarem Lee seria fazer isso enquanto limpavam o departamento, até porque técnicos não são agentes de campo. Isso explica aquela tentativa estranha e complicada de eliminar Choi Kang-woo em vez de apenas empurrá-lo de uma ponte. O único recurso que esses técnicos podiam se utilizar à época era O'Shaughnessy."

"Mas então quem nos atacou em Vientiane?"

"Não eram do Departamento de Segurança. Foi outra empresa que Han Su-hyeon subcontratou. Ele não gosta mesmo de você, né? Foi uma oportunidade de te matar sem sujar as mãos. Acha que ele deixaria essa passar?"

Na minha cabeça, testo de todos os ângulos a hipótese de que Graaskamp esteja apenas me provocando, usando Ross Lee como bode expiatório, uma isca inventada pelo pessoal de Han Su-hyeon para nos levar na direção errada. Mas todas as simulações acabam se mostrando infrutíferas. A falta de sofisticação em tudo isso não pode ser fabricada. Sempre há marcas pessoais nessas coisas. Era mesmo um trabalho de Ross Lee.

Quer dizer que o boneco de ventríloquo de repente saiu por aí matando pessoas como se tivesse sido atingido por um raio. Mas por quê? Não é como se o presidente da LK tivesse muito poder. E ele tem outras coisas para fazer com o próprio tempo. Por quê? Tento pensar no que poderia ter deixado Ross Lee secretamente ressentido com o presidente Han, mas nada me vem. Lee não é o tipo de pessoa que nutriria tal animosidade.

"Se está tão curioso sobre isso, vá lá perguntar você mesmo a Ross Lee. Posso dar dois dias para você."

"E depois de dois dias?"

"A maneira como ele tratou nossos funcionários, Mac. Não posso simplesmente deixar passar assim. Temos nossos próprios planos."

Graaskamp acabou me fornecendo cinco membros da sua equipe, e exatamente vinte e três horas depois Choi Kang-woo e eu estávamos conversando cara a cara com Ross Lee. Aconteceu no décimo segundo andar do Millennium Hilton em Teerã, uma hora depois de uma apresentação de dança contemporânea patrocinada pela LK.

E agora, passadas trinta e sete horas, estamos cara a cara com o espectro de Kim Jae-in no ninho das aranhas em Patusan.

O espectro é estranhamente realista. Até me arrepiei. Se eu não soubesse que era uma projeção digital criada pela minha Minhoca, teria achado que era de verdade. A mesma aparência, as mesmas sombras, até o som dos passos é igual.

Não, ela *é* real. A expressão mais verdadeira dos pensamentos e sentimentos de Kim Jae-in não é o corpo deitado ali no sofá, mas esse espectro diante dos meus olhos. E o espectro parece mais humano do que a Kim Jae-in de carne e osso. Não está mais de terno, mas de roupas largas e casuais em cores escuras, chinelos roxos em vez de sapatos. Alguns fios de cabelo até estão soltos, emoldurando a testa redonda. Está apoiando o peso na perna esquerda e as mãos estão nos bolsos da calça. Está com um sorriso travesso estampado no rosto, uma imagem encantadora em um grau perturbador.

Por um instante, fico sem palavras. A encenação de hoje é resultado de um roteiro que Kim Jae-in e eu escrevemos em conjunto — e mesmo quando colaborávamos, nunca compartilhamos tanta informação um com o outro. Assim que o Ato I de nossa pequena peça tão bem escrita chega ao fim, espera-se que o Ato II seja mais um grande improviso baseado nos roteiros que cada um elaborou individualmente. O Ato II, portanto, é uma aventura mais complicada, e esse lado desconhecido de Kim Jae-in me pegou de surpresa.

Depois de me recompor, conto a ela a minha história, gaguejando um pouco. Falo sobre o encontro com Choi Kang-woo, a tentativa de assassinato, a restauração das memórias do presidente Han e a invasão do quarto de hotel para encontrar Ross Lee. Sempre que o nome dele é mencionado, o rosto de Choi Kang-woo fica vermelho e o seu olhar baixa para os pés.

"Ele não pareceu muito surpreso", comento para o espectro de Kim Jae-in. "Na verdade, parecia estar nos esperando. Foi necessário algum esforço para chegar a ele, não reduziram a segurança nem nada assim, mas Lee devia saber que esse momento chegaria. Ele levava muito a sério os crimes que cometeu. A própria consciência não lhe permitiria ignorar tudo sem nenhum remorso, e ele sabia que chegaria o dia em que teria que enfrentar os seus pecados. Foi aí que tudo se encaixou na minha mente. Ross Lee é tão obcecado pela lógica estética quanto o presidente Han. Por isso foi um engenheiro brilhante na juventude. E por isso os dois se deram tão bem.

"Mas havia um buraco nessa história. Por que ele fez isso? Esperava que Ross Lee tivesse uma resposta satisfatória. Imagine que decepcionante se o motivo para matar o amigo de três décadas, que já estava à beira da morte, fosse 'Quero me tornar o chefe da LK alguns meses mais cedo'. Felizmente, essa não foi a resposta dele. Na verdade, Ross Lee tinha um excelente motivo. Coerente com o caráter dele.

"No início, pensei que tivesse alguma relação com os planos do governo de Patusan de arrancar o país das mãos da LK. Mas Ross Lee nada sabia sobre isso. Ele também não estava ciente do massacre que ocorrera aqui. E isso foi crucial; afinal de contas, eles precisavam de um líder que representasse apenas o lado mais brilhante e idealista da LK. O presidente Han achava que só ele deveria suportar o peso dos pecados da LK, o que é bastante narcisista, se você pensar bem.

"A questão é que Ross Lee sabia de algumas coisas. Sabia que o presidente Han estava preparando a empresa para depois da sua morte, por exemplo. E isso foi muito além de apenas entregar as memórias a uma IA, o que já estava sendo feito pública e constantemente. O verdadeiro plano do presidente Han ia além disso: ele queria fundir a própria consciência com a IA da LK para se tornar um deus.

"De princípio, achei que fosse piada. Não sou perito na área, mas sei que essas coisas são impossíveis. Após nossa breve conversa com Ross Lee, voltei a verificar os avanços recentes nisso, mas, até onde sei, nada torna tal façanha possível. No entanto, é tudo uma questão de qual é o verdadeiro objetivo e como as coisas estão definidas, certo? Muitos dizem que a LK ainda segue os desejos do falecido presidente Han. Mas esses desejos podem ser frustrados pelas pessoas que sobreviveram a ele. Para combater isso, seria preciso deixar para trás algo vivo, orgânico, que pudesse absorver novas informações, como uma entidade, e reagir com livre-arbítrio. Depois, a continuidade da consciência seria uma preocupação a menos. Mais importante do que a continuidade é a habilidade. O presidente Han tentou criar uma máquina de deus que fosse como ele, mas que também o superasse.

"Seria tão terrível assim se tornar um deus? Talvez não. Porque desde que a humanidade construiu o primeiro machado de pedra e acendeu o primeiro fogo, ela tentou se superar. Uma pessoa com um machado de pedra é um deus para aqueles que não o possuem. Se olharmos objetivamente para o que o presidente Han tentou deixar depois da sua morte, veremos que foi apenas uma extensão daquilo que ele tentou fazer durante toda a sua vida. O que, por sua vez, é uma extensão de algo que a humanidade tentou realizar desde seu princípio: superar os nossos corpos frágeis e miseráveis.

"O problema não foi o presidente Han querer se tornar um deus, mas tentar manter o controle da LK mesmo após a morte. Se ele apenas tivesse permanecido um deus no céu, ninguém o teria culpado. Mas quando os mortos começam a interferir no destino dos vivos, a coisa toda muda.

"Mesmo sem a interferência do presidente Han, a influência da IA da empresa estava crescendo. Não importa o quanto tentemos impedir, empresas como a LK estão destinadas a se tornarem uma única IA gigante. Em cem anos, é provável que países inteiros tenham o mesmo destino. Os humanos desses países podem tentar viver de acordo com o livre-arbítrio, mas estamos todos fadados a desaparecer nas entranhas de uma gigantesca IA. É um futuro inevitável, não importa o quanto tentemos resistir. Tudo o que podemos fazer aqui é ganhar um pouco de tempo para irmos nos ajustando.

"Mais uma vez, o problema é outro. Todo mundo sabe que o grupo de IAS da LK foi feito de acordo com a visão do presidente Han. Hoje, é melhor para a empresa que isso continue assim. Mas e se, em uma geração diferente, um grupo de humanos preconceituosos tentasse interferir no crescimento da IA para a produção de um deus? A visão de uma pessoa morta pode continuar a existir pela simples inércia, mas um fantasma com consciência e livre-arbítrio é bem diferente. Isso sim seria uma abominação. Esse fantasma pode afirmar que está crescendo, aprendendo e estudando, mas o que existe ao fim de todo esse crescimento? E o que acontece quando esse fantasma decrépito tenta assumir o controle da empresa mais importante desta era?

"Ross Lee achou que precisava impedir isso. Então envenenou o presidente, destruiu a Minhoca e todos os dados que estava prestes a disparar. Mas não foi suficiente. Ross Lee sabia que, em algum lugar na vasta rede da lk, um vestígio do fantasma do presidente Han ainda poderia estar à espreita. Enfeitiçado pela busca desse vestígio, ele negligenciou a empresa. Durante anos zombei da preguiça e ineficácia de Lee, mas descobri que ele era o oposto de ineficaz, que a sua aparente preguiça era o subproduto de uma busca desesperada e constante.

"Foi então que esse sujeito, Choi Kang-woo, apareceu. Ross Lee era praticamente a única pessoa que sabia que o presidente Han estava apaixonado por você. Ele também foi um dos poucos que reconheceu a semelhança física entre Choi Kang-woo e Anton Choi. Ele até usou os técnicos do Departamento de Segurança para implantar biobots nos cérebros dos funcionários da Green Fairy. Os técnicos da lk Robotics que contribuíram para essa bagunça foram contratados por Ross Lee antes mesmo de ele matar o presidente Han. Não foi coincidência. É só que existem poucas pessoas no mundo com essas habilidades específicas. De todo modo, era só uma questão de tempo até ele entender a verdadeira identidade de Choi Kang-woo.

"Mas Ross Lee deve ter se perguntado: será que isso é o fim? Tudo o que o presidente Han queria era transferir um pouco das próprias memórias para algum jovem bonito e tentar seduzir você? Era esse o único objetivo frívolo no plano do falecido amigo? Ou outros restos desse amigo sobreviveram? Ele precisava ter certeza, e foi por isso que fez com que a empresa contratasse Choi Kang-woo.

"Transformar os funcionários da Green Fairy em zumbis usando biobots faz todo o sentido agora. Lee precisava de agentes de campo que pudesse controlar, mas tinha apenas técnicos do Departamento de Segurança à sua disposição. Em circunstâncias normais, seria preciso apenas subcontratar alguém, mas consigo entender o desejo de usar tecnologias próprias, por serem mais confiáveis, ainda que isso signifique quebrar algumas regras. Pode não parecer agora, mas Ross Lee era um 'cientista maluco' de sua época. Estamos falando de um homem que criou a bioengenharia de uma criatura com o dobro do tamanho de uma baleia azul: a fábrica que produz os tubos da lk. Ele não era uma pessoa cruel, mas foi só colocar na cabeça que estava em uma missão para salvar a humanidade que começou a calcular quanto cada vida valia.

"Ross Lee logo começou a tomar decisões cada vez mais arriscadas para seguir com o seu plano. O Departamento de Relações Externas interveio, e O'Shaughnessy acabou exposto de maneira inesperada. Quando O'Shaughnessy foi morto, Lee entrou em pânico. A situação foi escalando e acabou chamando a atenção de Rex Tamaki, do Departamento de Segurança. Han Su-hyeon, que foi avisado das informações de Tamaki, também estava começando a perceber. Lee tinha que se livrar do novo funcionário, já que ele claramente fazia parte da conspiração do seu falecido amigo. Porém, ao contrário dos agentes de campo do Departamento de Segurança, Lee não tinha meios para acabar com tudo de maneira fácil e organizada. Ele não teve escolha a não ser seguir os caminhos tortuosos da conspiração, como nos clássicos de Agatha Christie. Para ele, esse era o caminho mais curto a seguir."

E então conto o diálogo que tivemos:

"Jung-hyeok nunca morreu, sabia?", disse Ross Lee. "Pelo menos, para mim, ele ainda está vivo. Não importa o quanto eu tentasse matá-lo, uma parte permanecia viva em algum lugar da empresa. Era como se as minhas tentativas estivessem prolongando a vida dele dentro de mim. Não sei mais quanto de mim é Ross Lee e quanto é Han Jung-hyeok."

"Isso significa que você desistiu da busca?", perguntei.

"Não é bem assim. Na verdade, vejo o plano dele com mais clareza agora. O que Jung-hyeok teria feito para evitar que alguém como eu o matasse? Onde ele teria escondido os dados que continham fragmentos da própria consciência, os mesmos dados que ele teria implantado na IA da empresa, para depois de se livrar de pessoas como eu? Então ele apontou para o céu com o dedo indicador.

"Está se referindo à estação espacial, no final do elevador?"

Ele fez que não e continuou.

"Não, é muito movimentado por lá. Está muito, muito acima. Para além da estação do elevador espacial. Está no contrapeso."

PESSOA QUE PRECISA SER ACORDADA

"Será que a Green Fairy matou Ross Lee?", pergunta o espectro.

"Não! Por que eles fariam isso? Ainda mais sendo tão mais útil para eles vivo. E com as novas informações que tinham sobre ele. O que a reportagem disse é verdade. Ross Lee morreu após injetar em si mesmo o equivalente a quatro doses letais de Soma-T. Nem foi por culpa que ele fez isso. Sim, algumas pessoas morreram por causa dele, mas ele acreditou até o fim que tinha feito tudo pelo bem da humanidade. Ross Lee se matou por outro motivo. Foi um desgosto amoroso. Três dias atrás, o segundo ex-marido dele foi embora após rejeitar mais uma tentativa de reconciliação. Lee não morreu por perder a guerra, morreu por amor. Ele se preocupava mais com o amor e o orgulho do que com o destino da humanidade. Não que isso faça muito sentido para alguém como você."

Logo me arrependo de ter dito essa última parte. Mas é naquele momento que percebo por que sempre odiei tanto Kim Jae-in: pela sua atitude. Aquela sensação de que ela está sempre nos julgando e nos desprezando pelos nossos desejos e nossas emoções triviais. Como se ela fosse algum tipo de alienígena. Kim Jae-in pode ter as maneiras e as sutilezas de um ser humano civilizado, mas está sempre exalando um cheiro de alguma coisa desconhecida e química.

Não sei, confesso. O espectro que está diante de mim não parece muito surpreso com o que acabei de dizer. Ao contrário da Kim Jae-in com quem convivi por todos esses anos, ela está, no mínimo, olhando para mim com simpatia. Chega até a balançar a cabeça em compreensão.

Choi Kang-woo é que está escandalizado. O rosto do sujeito parado atrás de mim como um poste fica vermelhíssimo, como se tivesse ligado um interruptor.

"Sinto muito. Não deveria ter dito isso", peço desculpas, meio gaguejando, oprimido pela culpa súbita.

"Tudo bem", responde o espectro com um sorriso.

Ela se senta no sofá onde a Kim Jae-in de carne e osso ainda está deitada. Não porque esteja cansada de ficar em pé, obviamente, mas talvez por querer uma posição que se adeque ao fluxo da história. A almofada não afunda quando ela se senta, fazendo com que pareça um sofá feito de pedra ou metal.

Olhe, sr. Gildong. São pedaços de uma estrela.

Lembro de Choi Kang-woo afirmando que essa era uma das "suas memórias" de Kim Jae-in. Mas não é possível que ela tenha dito uma coisa tão sentimental. Será que o espectro diante de mim seria capaz de dizer algo assim? Será que Kim Jae-in alguma vez se permitiu ser tão ridícula na frente do presidente Han?

"Você alguma vez chamou o presidente Han de sr. Gildong?", pergunto.

Kim Jae-in faz que não.

"Então não é uma memória real?"

"Tenho certeza de que é uma memória real. Mas a pessoa nessa memória não sou eu." Ela sorri, mas não há alegria na sua expressão. "Metade das memórias dele sobre mim, ou talvez até mais, é inventada. A minha versão real não era suficiente. Ele precisava de ficção para preencher as lacunas. Tantas versões de mim foram criadas por causa disso... Uma versão mais fofa e adorável, uma mais cruel e fria, uma mais sexy e sedutora. Até mesmo uma versão que é mais eu do que eu mesma.

"Todo mundo tem fantasias com os seus objetos de afeto, sejam coisas ou pessoas, só isso não seria estranho. E já vivemos numa época em que podemos projetar e materializar tais fantasias de maneira convincente. Acha que não estou ciente do número hediondo de fanfics baseadas em mim? A única diferença é que ele tinha acesso a tecnologias incríveis que superavam os autores de fanfics. Tecnologias que utilizou para criar.

"O presidente Han nunca me forçou a nada, nem exigiu afeto. Sempre foi educado e gentil, como um tio, mantendo distância. A cabeça dele estava tão cheia de fantasias que ele não precisou me forçar a nada. Só fiquei sabendo de tudo isso há pouco, através de interrogatórios com as IAs de Patusan.

"É provável que as memórias implantadas em Choi Kang-woo tenham sido modificadas. Ou sejam uma seleção das favoritas dele. Mas, ao que parece, ele não conseguiu se livrar de algumas fantasias e elas acabaram se infiltrando no conjunto a ser preservado. Pergunto-me se a memória do 'sr. Gildong' era tão especial assim para ele."

"Ele precisava de uma versão idealizada de si mesmo para combinar com você."

Kim Jae-in franze a testa e diz:

"Não acho que tenha sido isso. O presidente Han só queria deixar para a posteridade um retrato idealizado de si mesmo, que guardasse apenas o que ele considerava os mais belos sentimentos e desejos. Acho que ele nunca imaginou que iria 'combinar' comigo de alguma forma."

Ela se levanta e se vira para Choi Kang-woo, que ainda está parado como se tivesse sido transformado em pedra. Porém, em vez de se aproximar dele, coloca as mãos nos bolsos e começa a andar pela sala com um passo leve, quase como se estivesse dançando. Choi Kang-woo encara Kim Jae-in, que tem uma expressão despreocupada de criança, então o rosto dele volta a corar e o olhar cai mais uma vez.

"Você não acha que estou certa, sr. Choi Kang-woo?", pergunta ela.

Ele assente devagar, como se admitisse a derrota numa guerra que ainda nem começou.

Isso não está indo de acordo com o meu plano. Não que eu tenha calculado todas as possibilidades, até porque coisas inesperadas poderiam acontecer, mas ainda assim. Não esperava que Kim Jae-in conquistasse Choi Kang-woo com tanta facilidade. Achei que a visão dela ao vivo e em cores desmoronaria o sonhador romântico e que eu ainda teria algum controle sobre ele depois disso.

O espectro está falando sobre coisas que eu esperava que ela falasse. Mas para onde foi a mulher robótica que conheci? De onde ela tirou essa atitude, essas expressões, esses gestos, essa voz? Toda a frieza que vi nos campos de batalha da LK era só uma armadura esse tempo todo? De onde estão vindo esses traços desconhecidos que estão arruinando meus planos?

Frustrado, pulo no espaço entre os dois.

"Qual é o seu objetivo, então? Qual é o sentido de tudo o que passamos até agora e por que tivemos que fazer esse teatrinho insuportável para encontrá-la aqui?"

Kim Jae-in recua um passo e dá uma boa olhada em nós dois. Ela é o pico de um triângulo isósceles, enquanto Choi Kang-woo e eu somos as duas pontas menores. É o lugar de uma líder, de uma monarca. Esta fantasminha é muito menor que nós dois, mas nos domina com facilidade, como uma líder nata. O sorriso constante, quase infantil, não abala em nada esse efeito.

"Porque ainda há algo que vocês precisam fazer. A visão na cabeça de Choi Kang-woo é um retrato, sim, mas também chave. O meu tio parece ter dividido a consciência em pedaços, como um quebra-cabeça, e escondido cada um em uma bugiganga antes de enviá-las ao contrapeso. Devemos juntar logo essas peças porque se Ross Lee conseguiu descobrir, Su-hyeon certamente fará o mesmo."

"O que vai acontecer se Han Su-hyeon encontrar as peças antes de nós?"

"Se isso acontecer, ele vai destruir a consciência do presidente Han que está escondida no contrapeso e tentará usar algum espantalho ou outro pau-mandado para consolidar o próprio poder na LK. Agora que Ross Lee está fora da jogada, não há ninguém para detê-lo. E o Su-hyeon é a pior pessoa para liderar a LK neste momento.

"Lee agia como se a combinação da consciência do meu tio com a IA da empresa fosse o início de algum apocalipse. Mas não é verdade. Não acha que estivemos nos preparando para essa eventualidade?

A fusão da consciência e da vontade do presidente Han com a ia da lk não significa que cairemos repentinamente sob a sua ditadura. O que é mais provável de acontecer é impedir que o iludido do Su-hyeon prejudique a empresa em um momento crucial para a humanidade, quando estamos prestes a dar nossos primeiros passos rumo à exploração espacial."

"E o que Nia Abbas tem a ver com tudo isso?"

"A coisa mais importante para Su-hyeon é a lk. O elevador espacial talvez esteja em quarto lugar na lista de prioridades dele. Mas para o presidente Han, a lk não era tão prioridade assim, era o elevador espacial o principal. Ele nem se importava se o elevador mudasse de proprietário, desde que permanecesse operacional. Quanto ao governo de Patusan, eles prefeririam lidar com o antigo presidente do que com Han Su-hyeon, porque teriam mais vantagem."

"Mas por que é tão urgente chegar ao contrapeso? Conhecendo o velho presidente, ele deve ter criado alguns mecanismos de defesa para proteger a sua consciência, e qualquer armadilha que esteja lá provavelmente é mais inteligente do que Han Su-hyeon. Aposto que esse sujeito tímido aqui não é a única chave que ele deixou. Se Choi Kang-woo for morto, outros homens parecidos provavelmente virão encontrá-la e olharão para você com esses mesmos olhos de cachorrinho abandonado."

"Você tem razão. Mas não precisamos esperar para ver, não é?"

ALGUÉM TEM QUE FAZER O TRABALHO

Por um momento me pergunto se o espectro na minha frente não seria a verdadeira Kim Jae-in. A dúvida é válida. A Kim Jae-in de carne e osso está inconsciente, e, pelo que sei, estou interagindo com alguma IA ou alguém imitando Kim Jae-in. Todo esse teatro melodramático pode ser a invenção de alguém interessado em interferir nos assuntos da verdadeira Kim Jae-in. Quando penso isso, sou dominado por suspeitas.

Mas nada mudaria se minhas suspeitas fossem verdadeiras. Esta é a nossa única saída. Choi Kang-woo deve subir ao contrapeso. O verdadeiro "último andar" que cabe a ele nessa bagunça. É o único final lógico para ele nessa história. Contanto que cheguemos lá, não importa se essa Kim Jae-in aqui é ou não a verdadeira.

Nunca pensei muito no contrapeso ao final do elevador espacial. É um componente crucial do design, sem dúvidas. Ele puxa os cabos através da força centrífuga, mantendo a estrutura do elevador. Quando o cabo se multiplicou e ficou mais espesso, o contrapeso — que foi formado por restos de um asteroide capturado e explorado para mineração — também foi ficando cada vez maior, mas de maneira irregular. Enviaram todo tipo de lixo da estação espacial para lá, contribuindo para o seu crescimento. Agora, ele é uma mistura de detritos espaciais e cabos descartados, um verdadeiro ferro-velho flutuante. E uma vez que a gravidade artificial, advinda da força centrífuga, é estável na estação, ela acabará por se estender em direção ao próprio contrapeso. Por enquanto, ainda que muito longe, a estação espacial fixa já está funcionando como um centro para humanos e cargas que escapam da gravidade da Terra.

No momento, o contrapeso é dominado apenas por robôs. Um mundo de pequenas máquinas que pacificamente limpam e empilham detritos, pedras e lixo, sem interferência humana.

E é um ótimo lugar para esconder qualquer coisa. Todas as viagens do elevador espacial ficam registradas, e o movimento das aranhas está sob constante vigilância. Skyhooks e foguetes podem chegar ao contrapeso mais ou menos despercebidos, disfarçados de naves que transportam detritos espaciais, mas ainda é bastante difícil *entrar* no contrapeso. Mesmo que alguém conseguisse, se perderia no labirinto de lixo espalhado e morreria de fome ou ficaria sem bateria antes de encontrar o que procura. Em seguida, os robôs recolheriam os restos mortais e os empilhariam com o restante do lixo. Apenas aqueles que conhecem o caminho, e que sabem como as coisas funcionam no contrapeso, alcançariam sucesso nessa caça ao tesouro. Há uma beleza típica de conto de fadas em todo esse empreendimento, o que traz a assinatura do presidente Han que conheci.

Choi Kang-woo está ocupado vestindo um traje espacial. É a primeira vez que ele faz isso desde o treinamento na empresa, mas parece um especialista ao conectar o tubo urinário e prender as almofadas com sistema nervoso artificial ao revestimento. Será que está acessando as memórias das cinco viagens de elevador que o presidente Han fez durante a sua vida? Até agora, pensei que poderia ler a mente de Choi Kang-woo como um livro aberto, mas não tenho mais tanta certeza. Quanto das memórias do presidente Han alteraram o cérebro de Choi? Serão essas memórias as únicas alterações?

Kim Jae-in dá o sinal de OK e Choi Kang-woo entra em uma cápsula vertical dentro da aranha. Detectando o seu peso, a aranha gira lentamente a cápsula na horizontal e contrabalanceia outras duas cápsulas vazias para ajustar o centro de gravidade. Seguindo as ordens de Kim Jae-in, selo a aranha.

Uma das saídas do ninho se abre. Uma mulher jovem, musculosa e de cabelo curto entra empurrando uma cadeira de rodas dobrável. É a enfermeira que enviaram por ordem de Kim Jae-in, a quem transmiti o roteiro, palavra por palavra, doze minutos atrás. A enfermeira trabalha na LK não faz muito tempo, o que significa que ela não tem implantes cerebrais. Aponto a arma para ela e a direciono até o sofá onde está Kim Jae-in. A enfermeira faz uma rápida inspeção no corpo e o coloca na cadeira de rodas, depois a empurra até o alojamento do ninho. Eu as tranco lá e olho para trás. O espectro de Kim Jae-in parece mais tranquilo agora. Por mais que esse fosse o plano desde o começo, ela deve ter se sentido desconfortável ao ver o próprio corpo tão vulnerável. Não que pudesse ter pedido por cúmplices mais confiáveis do que um gay idoso como eu ou um cavaleiro da Távola Redonda como Choi Kang-woo.

Olhando pelo monitor, o interior da aranha lembra um instrumento de tortura, uma dama de ferro. O rosto de Choi Kang-woo parece aterrorizado, mas de repente sua expressão relaxa. Remotamente, Kim Jae-in o injetou com Soma-T. Uma medida inevitável, visto que ele vai ficar preso lá pelos próximos três dias. A noção de tempo dele começa a desacelerar. Não importa. O que preciso agora não é de Choi Kang-woo, mas da Minhoca dele, e ao contrário do seu hospedeiro, a Minhoca segue em velocidade normal. Tenho que usar todos os recursos que tenho se quiser sobreviver ao que está por vir.

A aranha entra na coluna do elevador e as suas bordas se prendem a um par de trilhos. Mesmo com a coluna fechada, consigo ouvir a aranha subindo.

Nesse momento, a Minhoca na minha cabeça se abre por inteiro. Kim Jae-in está me fornecendo informações sobre Patusan. Consigo ver a cidade nova e a estrutura do elevador espacial bem diante dos meus olhos. Posso observar a aranha carregando Choi Kang-woo, subindo devagar pelos trilhos. Vejo a IA da estação se preparando para conectar a aranha ao cabo do elevador. Testemunho a movimentação de espectadores, repórteres, policiais e funcionários da LK. Os drones da segurança se aglomeram ao redor da aranha. Vejo que a máquina de cappuccino do refeitório do porão está quebrada. Um mictório está sendo descarregado no banheiro de uma delegacia. Vislumbro o rosto de uma criança desaparecida. Nuvens de borboletas capturadas por cctv. Há tanta informação sendo despejada em mim que fico maravilhado ao perceber como o meu cérebro permanece intacto. Mas é claro que seria preciso muito mais do que isso para quebrar uma Minhoca da lk. Todas essas informações se transformam em impressões.

Marco todos os agentes do Departamento de Segurança residentes na cidade nova com um ponto azul. Entre eles, isolo Alexander Mtunzi Tamaki e desenho um círculo azul ao redor dele. Ele esteve em Tamoé até recentemente, mas agora está patrulhando os arredores de Patusan em um beija-flor. Não consigo me infiltrar nas comunicações deles, mas usando o movimento dos pontos azuis posso adivinhar o que estão tramando. Eles estão na ofensiva. Perceberam o que está acontecendo e o seu objetivo é claro: bloquear a aranha antes que ela se conecte ao cabo do elevador.

Corro para o elevador dos funcionários. Kim Jae-in não me segue. Nem sei se ela ainda está no ninho. Não importa. O espectro era necessário apenas para a manipulação psicológica. E Choi Kang-woo e eu agora já estamos sob o controle dela.

Estou subindo no elevador quase na mesma velocidade da aranha de Choi Kang-woo. Estendo dezenas de sensores invisíveis de dentro do elevador e entro no sistema de Patusan. Bloqueio todas as abordagens que os drones do Departamento de Segurança possam fazer contra a aranha. Mas não é o suficiente. Pontos azuis aceleram em direção aos trilhos, e o sistema de segurança interna do elevador, semelhante a uma teia, começa a despertar.

Ouço uma explosão. Trinta drones do Departamento de Segurança invadiram a parede do túnel e estão voando lá dentro. Se pelo menos um deles tocar nos trilhos, a aranha vai parar no meio do caminho. Mas Kim Jae-in é rápida. Ela me passa as senhas para onze dos drones, e eles ficam sob o meu controle. Agora tenho uma arma para afastar os outros dezenove, mas não posso atirar neles indiscriminadamente ou corro o risco de danificar os trilhos. Uso três dos meus drones para atirar nanomísseis nos que estão abaixo de mim e enfrento os outros em combates diretos, drone a drone. Um por um, eles começam a cair. Libero os mosquitos dos meus drones abatidos. São quarenta minidrones, do tamanho de moscas, que se juntam e se infiltram nos drones inimigos. Como o drone-mãe, que normalmente os controla, caiu, eu mesmo tenho que guiar cada mosquito usando a Minhoca de Choi Kang-woo. Manobrar drones menores é um tanto diferente, mas a minha Minhoca aprende a técnica com rapidez e logo me sinto um veterano no assunto. Quando o último drone inimigo é abatido, ainda me restam dois.

Com um barulho alto, um pedaço grade do trilho ricocheteia na aranha e é lançado para fora. Cerca de três quilômetros adiante, consigo ver o agente de segurança que causou o dano com um minimíssil. Redireciono um dos meus drones e explodo a cabeça do sujeito no momento que ele aponta para lançar um segundo minimíssil. O corpo e fragmentos do cérebro dele passam raspando pela aranha enquanto caem. Verifico a condição dos trilhos. Há uma lacuna de mais ou menos um metro onde um minimíssil os atingiu, e uma extremidade do trilho está torcida. Nada que a aranha não consiga aguentar. Ela pode subir até quatro metros usando apenas um dos trilhos.

Um alarme dispara na minha cabeça. Um dos cinco canhões elétricos presos ao último andar está em movimento. Essas armas foram instaladas para proteger o elevador espacial e não são capazes de atirar no cabo ou nas aranhas. Pelo menos até onde sei. Mas agora os canhões estão se desprendendo dos suportes de concreto e girando em ângulos dramáticos. Algum recurso oculto, ativado pelo Departamento de Segurança. Começo a verificar a ligação entre as armas e o Departamento de Segurança para ver onde isso leva. Um círculo azul. Rex Tamaki.

Por que ele teria instalado tal recurso? Claro, explodir a aranha com um canhão elétrico é bastante efetivo. Mas isso vai contra as táticas sutis que Tamaki sempre seguiu desde que entrou na LK. Se Choi Kang-woo morrer, Han Su-hyeon ficará feliz. Mas usar canhões elétricos para abater uma aranha traria dores de cabeça tanto para Han Su-hyeon quanto para o Departamento de Segurança. Os rivais de Han Su-hyeon na LK o atacariam e Tamaki também colocaria a própria posição em risco. Por outro lado, não há real necessidade de Tamaki ser tão leal a Han Su-hyeon. Não é como se ele tivesse feito um juramento, e o Departamento de Segurança sempre pode encontrar outra figura em ascensão para apoiar. Trazer o presidente Han de volta à vida via Choi Kang-woo não seria o fim da carreira de Tamaki. Então por que é que você está fazendo isso, Alexander? Você sabe algo que eu não sei?

Abro os olhos, que mantive fechados esse tempo todo. O elevador está a 3,67 quilômetros, vinte metros abaixo do último andar. Destravo a minha arma elétrica. Quando a porta se abre, salto para o último andar. Ouço tiros e sinto um ferimento de raspão no braço esquerdo. Processando a informação visual enviada por Kim Jae-in, corro e atiro duas vezes. Dois gritos. Os alvos desaparecem, mas não ouço nenhum baque. Os corpos estão em queda livre. Pego os lançadores de minimísseis que os corpos usavam antes de caírem. Não há sinal do beija-flor de Tamaki, mas isso não importa. Como é mesmo que essas armas funcionam? Não preciso me afundar na ignorância por muito tempo, pois Kim Jae-in inunda a minha Minhoca com instruções. Ainda não vejo o beija-flor, tampouco há necessidade. Encarando o céu através do "olho que tudo vê" de Kim Jae-in, miro e disparo um míssil. O beija-flor explode, e o corpo do homem que desejei por tanto tempo é despedaçado entre fragmentos de titânio.

Os canhões elétricos se abaixam — Kim Jae-in finalmente conseguiu hackeá-los. Ouço um som familiar e estridente de cravo. A aranha que carrega Choi Kang-woo se conectou ao cabo e está subindo.

CONTRAPESO

À medida que a aranha sobe, o zumbido baixo e abafado em meus ouvidos fica cada vez mais alto, até que se torna a música-tema de *Amores clandestinos*. Ta-da-da-da-da ta-da-da-da-da, ta-da-da-da-da, ta-da-da-da-da... A música se repete seis vezes, e já na terceira repetição, Choi Kang-woo sente que vai enlouquecer.

Para quem olha de fora, parece que Choi Kang-woo está tirando uma soneca de sessenta horas em seu traje espacial. No entanto, ele esteve acordado durante todo esse período. Foi apenas a sua noção de tempo que mudou. Sessenta horas no mundo real eram apenas quinze minutos para ele. O mundo exterior está girando tão rápido que ele mal consegue entender o que está acontecendo. A mente está lenta demais para controlar os reflexos físicos.

Com o cérebro conectado à Minhoca de Kim Jae-in, Choi Kang-woo absorveu tudo o que estava acontecendo fora da aranha, tanto no elevador espacial quanto em Patusan, mas logo descartou tudo. O que fiz — arriscando a minha vida para salvar a aranha — passou diante dele em menos de um segundo.

Incapaz de se concentrar nas pessoas, Choi Kang-woo voltou a atenção para o mundo além. O espaço se movia mais devagar do que os humanos. A tela da cápsula mostrava a gravação das câmeras externas da aranha. Num piscar de olhos o céu escureceu e estrelas apareceram, formando arcos em uníssono. Enquanto a abóbada celeste girava duas vezes e meia, Marte e Júpiter moviam-se num ritmo ainda mais lento.

Em algum momento próximo à quarta repetição da música, ele passou pela estação espacial fixa, e na sexta repetição, a tela se apagou.

Choi Kang-woo agora está olhando para o "chão", deitado de bruços. O ângulo da cápsula não mudou, mas a gravidade enfraqueceu lentamente à medida que ele subia e, no momento em que passou pela estação, a força centrífuga começou a arrastá-lo na direção oposta da Terra.

A cápsula para e o tampo da aranha se abre. Choi Kang-woo tenta sair, mas o seu corpo se recusa a responder. Uma dor aguda assola o pescoço dele. O traje espacial acaba de administrar outra injeção, dessa vez para combater os efeitos do Soma-T. No que seria sua sétima repetição, a música diminui de volume, tornando-se um zumbido de baixa frequência até desaparecer.

Choi Kang-woo finalmente consegue abrir a porta e desembarcar. Esteve preso lá dentro por mais de sessenta horas, porém, como a cápsula lhe forneceu um fluxo contínuo de água e nutrientes, não há nada de errado com a sua saúde. Exceto por um momento ou dois que ele precisa para que os músculos e reflexos se normalizem. Ele anda ao redor da aranha, adaptando-se pouco a pouco à gravidade artificial mais leve, porém constante, do contrapeso.

A Minhoca dele abre uma janela e mostra um mapa tridimensional. Choi Kang-woo e a aranha estão em uma enorme pirâmide de lixo de metal, onde fardos de naves espaciais esmagadas e detritos de satélites enrolados em cabos velhos formam um labirinto largo o suficiente para uma pessoa. Embora pareça um projeto atencioso, as passagens não são destinadas a humanos, mas aos robôs que construíam a pirâmide.

Um caminhão-robô, em forma de escorpião, se aproxima da aranha. Ele ignora Choi Kang-woo, que se encolhe institivamente ao ver a máquina chegar perto, e enfia dois canos no painel da aranha. O interior da aranha pisca em um ritmo indecifrável.

Choi Kang-woo caminha devagar. Não sabe onde está ou para onde vai, mas não importa. Ele olha para cima. A Terra estava lá em algum lugar. Tudo o que ele consegue ver a olho nu, porém, são as pilhas e mais pilhas de lixo metálico do contrapeso.

Sente a presença de alguém. Apesar do vácuo total, consegue "ouvir" passos e o barulho das roupas. O espectro de Kim Jae-in. Está andando ao lado dele, de braços abertos, como se estivesse numa corda bamba. O rabo de cavalo balança ao ritmo dos passos dela.

Para onde vamos agora?

Apenas espere. O sistema vai cuidar disso. Tudo o que você precisa fazer é reagir de forma apropriada.

Choi Kang-woo segue em frente e espera. A única coisa que ele consegue sentir é o ar abafado dentro do traje espacial e a dor do tubo urinário. *Patético*, pensa.

De repente, uma luz amarelada lampeja, como a lâmpada de um filme antigo, e se projeta pelo ambiente. Não é uma luz de verdade. Trata-se de uma realidade aumentada sobreposta à realidade real, que é vista a olho nu. Os dois estão agora em uma sala grande com papel de parede antigo. Ele sente cheiro de talco e leite em pó, e pela janela aberta ouve uma música em russo. No centro da sala, um grande avião de brinquedo está pendurado em uma corda grossa, ligada ao teto, flutuando no ar. Choi Kang-woo toca nele com a mão enluvada do traje espacial, e o avião ganha vida, rasga a corda e sai voando pela janela.

Agora, Choi Kang-woo está viajando de primeira classe em um avião. Não está mais vestindo um traje espacial. Está com um terno barato e muito mal ajustado ao corpo. Ao seu lado, um homem de meia-idade cochilava. Era o presidente Han Bu-kyeom. Choi Kang-woo puxa a tela do seu assento pessoal e ativa a função de espelho. Aparece o rosto de Han Jung-hyeok, com vinte e poucos anos. Parece miserável, decadente. A barba está por fazer e a manga do terno está manchada de mostarda.

Tudo acelera nesse momento. Tudo o que é visto e ouvido torna-se a semente de uma reação em cadeia, e essas sementes se multiplicam exponencialmente. Em um instante, os diversos fragmentos que compõem a vida de Han Jung-hyeok se organizam no cérebro de Choi Kang-woo. A maior parte é conteúdo familiar, pelo menos para quem leu algum livro da mãe de Kim Jae-in ou viu os dramas. Exceto que tudo está na perspectiva de Han Jung-hyeok. Ele observa toda a vida de Jung-hyeok pelos olhos deste. Jung-hyeok indo para Seul atrás do presidente Han Bu-kyeom, sendo intimidado pelos filhos de Bu-kyeom. Apenas Sa-hyeon o trata sem preconceitos, com um pouco mais de gentileza, principalmente porque ela sabe que isso irá irritar os seus irmãos. Jung-hyeok se apoia em Sa-hyeon, e, ao fazer isso, começa a aprender mais sobre o mundo e as pessoas nele. Ele gargalha enquanto se debruça sobre os livros dela, e quando a bomba explode no funeral, ele chora por dois dias, chegando a ficar com os olhos inchados. Seguindo as orientações do falecido presidente Han Bu-kyeom, ele se torna o chefe da LK. Então, um dia, Kim Jae-in levanta a sua cabecinha e aparece, entrando na família Han.

No início, a vivacidade da garota é simplesmente adorável, mas há algo mais nessa menina de treze anos. Sabe-se que ela não tem uma gota do sangue de Han Sa-hyeon, mas a atitude e o jeito de falar se assemelham aos dela mesmo assim. À medida que amadurece, exala uma personalidade própria, que em nada se parece com a da mãe ou do pai. Ela fala sobre as estrelas e o desenvolvimento da mente humana. Jung-hyeok, apesar da culpa paralisante, sente amor pela sobrinha com quem não tem ligação sanguínea. E por ser um amor que ele nunca, jamais, esperaria ser correspondido, as emoções reprimidas no seu cérebro começam a vazar das maneiras mais contraditórias. Agora, Jae-in simboliza tudo o que é valioso para Jung-hyeok. Ela é a sua filha, a sua professora, a sua aluna, a sua musa, uma deusa de um antigo filme em preto e branco. Agora, o universo do presidente Han pertence a Kim Jae-in. Ele não tinha interesse algum no espaço ou no elevador espacial antes, mas agora eles são tudo para ele. Porque são tudo para ela. Porque ela quer abandonar o mundo e viajar pelo espaço mais do que qualquer outra coisa. O falecido presidente Han decide que nada deve ficar entre ela e os sonhos, muito menos os mendigos cavando terra para comer onde deveria estar o elevador espacial. Os barcos de pesca imundos e os prostíbulos não combinam em nada com as belas torres que ele construirá.

Então, de repente, o rosto grande de Adnan Ahmad surge nas memórias de Choi Kang-woo, como um fantasma de uma casa mal-

-assombrada, e o mundo que o presidente Han tanto trabalhou para construir desaba.

Choi Kang-woo e Kim Jae-in estão agora no túnel colapsado de Patusan. Há corpos esmagados sob os escombros, muita fumaça e poeira preenchem o ar. Parece menos a cena real de um acidente e mais um set de filmagem ou um cenário de jogo. Claro que não é real. Não haveria espaço para eles andarem na cena real do acidente. Trata-se de um pesadelo criado com muitos detalhes

Diante deles está a figura do presidente Han, vestindo um cardigã verde sobre uma bata do hospital, parado de pé e brilhando muito, com uma postura dolorosamente curvada. O rosto está cheio de sofrimento. O rosto de um homem que foi capturado no pesadelo que ele próprio criou.

Choi Kang-woo olha de soslaio para onde o espectro de Kim Jae-in está, encarando fixamente o falecido presidente Han. A expressão dela é tão fria e desapaixonada quanto o busto de mármore de algum juiz divino. A Kim Jae-in de antes, com o sorriso descontraído, a propensão ao pragmatismo e ao compromisso, desapareceu. Não, esse não é o rosto de um juiz. Essa dureza não se baseia em justiça. É algum tipo de perfeccionismo extremo, combinado com um senso de equilíbrio implacável.

Finalmente, tudo faz sentido. Kim Jae-in não está aqui para reativar a consciência de Han Jung-hyeok. Está aqui para matá-lo, para apagá-lo. Pelas mesmas razões que o presidente Han achou imperdoável que os três advogados manchassem o seu elevador espacial com estupro e assassinato, Kim Jae-in também não poderia perdoá-lo pelo massacre. O elevador espacial precisava ser belo e imaculado, e a mancha chamada Han Jung-hyeok deveria desaparecer. A consciência que controlava a passagem da humanidade para o espaço precisava ser libertada de todas as falhas humanas.

As desculpas que Kim Jae-in apresentou alguns dias atrás no ninho foram apenas um teatro para o fantasma do presidente Han. Ele tentou transferir as melhores e mais sábias partes de si para forjar, a partir delas, uma nova consciência. Contudo, por mais nobre, belo e imaculado que fosse, ele nunca se livraria dos crimes que cometeu na Terra. Enquanto isso, Kim Jae-in fingiu o tempo todo que o seu objetivo era libertar o fantasma do contrapeso, e com isso conseguiu fazer o presidente confessar todos os seus pecados até ali. Não importa de quantas memórias desconfortáveis ele tenha conseguido se livrar, as memórias desses pecados ainda permaneceriam grudadas nele como um ímã.

O fantasma do presidente encara um deles de cada vez. O rosto enrugado se contorcendo com uma tristeza grotesca, estranhamente belo e comovente. Mas Kim Jae-in não se importa. Ela percebe que toda a beleza e a sinceridade diante de si não passam de encenação, como uma ária de Verdi. O fantasma digital não tem uma expressão genuína, e Kim Jae-in sabe demais sobre o homem morto para ser enganada por toda essa teatralidade.

"Meu bebê, sei que você veio aqui para me matar. Mas estou feliz por nos encontrarmos mais uma vez", disse o fantasma do presidente Han.

O sorriso dele é amargo, mas, de alguma forma, também um pouco doce. Quem poderia imaginar que esse homem fosse capaz de sorrir assim? Por mais realista que pareça, é um teatro.

O presidente Han levanta a mão esquerda, com a qual segura uma grande arma elétrica de brinquedo, com adesivos sujos espalhados por toda a superfície, do tipo que qualquer um deles poderia ter arrancado das memórias de infância. Ele balança a arma como se estivesse acenando uma bandeira em despedida, coloca o cano na boca e puxa o gatilho.

Nesse instante, o presidente Han explode. Todos os pensamentos e memórias que constituíam o fantasma do velho se despedaçam. E os fragmentos, como um bando de borboletas, voam no vácuo antes de se dissolverem em nada.

UMA MENTIRA BEM PLAUSÍVEL

"O verdadeiro nome de Winston Hwang é Damon Chu. Ele é funcionário do Departamentos de Relações Externas da LK Space, mas por trabalhar à distância, nunca o encontramos pessoalmente", digo isso olhando para a diretora-geral Stella Siwatula, que me encara cheia de suspeitas pela tela.

Não sei dizer se essa expressão é porque ela está presa em uma ligação com um reles servo corporativo como eu, que está abaixo da sua atenção, ou se ela está mesmo desconfiada. Quem sabe ela ainda se lembra do rosto que eu tinha quinze anos atrás, quando nos encontramos pela última vez, mas não tenho tempo para me preocupar com isso agora.

"Temos muitos desses funcionários por aqui. Desde que façam o seu trabalho e cumpram com as responsabilidades, não nos importamos em saber onde estão. Quanto a Eugene Hwang, o cúmplice dele, ainda não conseguimos identificá-lo. A polícia está investigando, e parece que ele teve a sua identidade lavada por um especialista.

"Parece que, quando estava vivo, o presidente Han Jung-hyeok usou Damon Chu como um dos seus assistentes pessoais, sem passar pela empresa. Não temos certeza de qual era o trabalho específico dele, mas esse sujeito parece ter muitas das obras de arte e até móveis do falecido presidente em um contêiner em Bandar Seri Bagawan. A maioria dos itens foi identificada como bens roubados, e alguns já foram devolvidos aos proprietários legítimos. A LK está empenhada em cooperar com a polícia da Indonésia para que os itens restantes sejam devolvidos aos lugares de origem.

"Para resumir a situação até agora, Damon Chu parece ter pensado que o falecido presidente havia escondido algum tipo de objeto ou informação valiosa no contrapeso do elevador espacial. Ele deve ter acreditado que sabia onde estava. Não temos certeza de onde conseguiu essa informação, nem fomos capazes de confirmar se é verdadeira. No entanto, os cento e cinquenta mil créditos internacionais, sacados em espécie pouco antes da situação com os reféns, foram provavelmente usados para esse fim.

"Não conseguimos determinar o que Damon Chu encontrou no contrapeso. Mas o que se sabe é que ele escapou em uma cápsula espacial de emergência menos de uma hora depois de chegar lá. A cápsula pousou no oceano Índico e foi recuperada pela nossa empresa, mas o ocupante já havia fugido. Estamos tentando determinar o que aconteceu no contrapeso com base nos dados enviados pelos nossos robôs de lá, mas temos dúvidas de que encontraremos algo substancial. O contrapeso, como você bem deve saber, não é o tipo de lugar onde humanos comentem crimes.

"O cúmplice, que usou nome de Eugene Hwang, escapou em uma segunda aranha assim que Damon Chu chegou ao contrapeso. Nossos registros mostram a escotilha de acesso dessa aranha abrindo e fechando na marca de quarenta e dois quilômetros acima do nível do mar. E estimamos que ele tenha escapado usando uma aeronave de passageiro único. A aranha foi entregue à polícia, que está investigando."

Não são tantas mentiras assim. A identidade de Eugene Hwang foi, de fato, lavada por um especialista — a saber, eu. A escotilha de acesso da aranha realmente abriu e fechou a quarenta e dois quilômetros acima do nível do mar, e um robô voador danificado saiu por ali e voou perigosamente até dez metros acima do Pacífico antes de se desintegrar em doze pedaços e desaparecer nas ondas. O truque para resgatar Choi Kang-woo usando a cápsula espacial de fuga foi um pouco mais complicado, com a presença da polícia espacial e tudo. Contudo, Graaskamp sempre teve o toque mágico perfeito para cada ocasião.

"Ainda estamos investigando o tumulto que ocorreu no início da situação com os reféns. A arma elétrica parece ter sido ativada pelo recém-falecido chefe do Departamento de Segurança, Alexander Tamaki. Todos os funcionários que tentaram bloquear a subida da aranha durante o incidente foram identificados como membros do Wolf Pack, um grupo seleto de subordinados diretos e leais ao sr. Tamaki. Eles receberam ordens para impedir que Damon Chu alcançasse o contrapeso a todo custo. Ainda estamos investigando o motivo pelo qual eles investiram tanto nessa situação. Por favor, desconsidere os rumores e as teorias da conspiração que circulam na internet. Quando dizemos que não sabemos de nada é porque não há realmente nada."

A maioria dessas teorias da conspiração era de nossa autoria. Dentre elas, há algumas que não me importaria de adotar como explicação oficial. Ainda não decidimos qual será usada como narrativa final. Só quero dar um fim bastante honroso para Tamaki e os seus capangas. Algo para que a honra dele não seja danifica demais e para evitar que as pessoas nos olhem com mais suspeita do que o necessário.

A diretora-geral Siwatula continua com o interrogatório. Perguntas que parecem inofensivas, mas que estão cheias de armadilhas em que eu poderia facilmente tropeçar. Elas acionam um aviso na minha Minhoca sempre que são detectadas, ou na Minhoca de Kim Jae-in, devo dizer, que é quem está me alimentando com essas análises. O mais próximo que cheguei de cair em uma dessas armadilhas foi com o caso de Neberu O'Shaughnessy. Insisto sempre que não sei nada sobre o assunto. Poderia parecer suspeito ter respostas prontas para as todas as perguntas sobre todos os casos.

Leio a minha resposta à pergunta final dela, tal qual um robô, enquanto as palavras se formavam na minha retina, cortesia da minha Minhoca:

"A diretora Kim Jae-in, que foi feita refém, está viva e bem. Desde o início do sequestro, ela ficou trancada em um quarto com uma enfermeira chamada Para Wardani, e não teve contato com os sequestradores. Para mais informações, sugiro consultar o depoimento da enfermeira Para Wardani, se desejar. Com base em todas as informações que temos até o momento, está claro que não se pretendia causar nenhum dano à diretora Kim. A situação dos reféns foi criada por Damon Chu para distrair as autoridades do seu verdadeiro objetivo. Durante esse tempo, Eugene Hwang usou algum holograma para fazer parecer que estava dentro do ninho, e isso é o tipo de ilusão que pode ser criada de dentro da aranha. As duas pessoas estavam, em outras palavras, dentro das aranhas o tempo todo. Alguma outra pergunta?"

ENTÃO NÓS TAMBÉM PERMANECEREMOS NA TERRA

"Diz que não consegue se lembrar."

"Não consegue lembrar do quê?"

"Do rosto de Kim Jae-in."

"Como é que é?" Sumac Graaskamp franze a testa.

"É como eu disse. Ele não consegue se lembrar do rosto de Kim Jae-in. Consegue se lembrar de tudo que aconteceu, exceto disso. Mostrei a ele uma foto dela e ele disse que ela não parecia familiar. Que nunca a tinha visto antes e não conseguia sentir emoção alguma. É possível que um cérebro se deteriore assim? Ele disse que parecia que uma parte do cérebro explodira quando o fantasma do presidente Han foi apagado."

"Mas por que ele esqueceria apenas o rosto de Kim Jae-in?"

"Você sabe que ela odeia quando alguém gosta dela assim, não é? No sentido romântico, quero dizer. Ela não pode impedir as pessoas de amá-la, mas pode tornar muito incômodo."

Graaskamp e eu estamos caminhando na praia perto da cidade velha submersa. O dia já virou noite e o ar está frio. Passamos os últimos dois dias montando o cadáver de Eugene Hwang. Não que alguém acredite que o caso esteja mesmo resolvido, mas temos de, pelo menos, permitir que a polícia da Indonésia tenha uma resposta. Damon Chu deverá chegar ao fim do caso como desaparecido. Sempre gostei da história de D. B. Cooper, o homem que roubou algo que ninguém sabia exatamente o que era e desapareceu após voar para o espaço. Nossa história é ainda melhor que isso. Só estou triste por não ter sido a pessoa que escreveu. O verdadeiro autor dessa história, suponho, é a circunstância, que se escreveu por si.

A história de Eugene Hwang é também um tanto impressionante. Mas a verdadeira história de como escapei do ninho é quase banal. Quando a polícia chegou, apenas me escondi em um dos muitos túneis subterrâneos da cidade e, graças à ajuda de Kim Jae-in, que ordenou à IA de Patusan que ignorasse a minha presença, pude escapar como se fosse invisível. Durante todo o tempo em que eu estava aplicando esse truque dos "reféns", o meu avatar cumpriu com sucesso a sua função no trabalho, e Miriam acobertou o que quer que esse avatar não pudesse fazer, o que significa que ninguém percebeu que eu não estava onde deveria estar. Mesmo que alguém suspeitasse, iriam acabar parecendo tolos ao enfrentar nossa montanha de provas fabricadas.

"Acho que entendo por que Kim Jae-in odeia tanto as pessoas", digo. "Choi Kang-woo disse que, quando eles estavam no contrapeso, ele conseguiu entrar na cabeça de Kim Jae-in por alguns segundos. Ele descobriu que ela estava mais conectada neurologicamente à IA do elevador espacial do que poderíamos imaginar, e que isso estava causando uma transformação dentro dela. Foi por isso que ele conseguiu entrar na mente dela, porque a Minhoca dela expandiu muito com essa conexão. A consciência dela já está invadida pelo reino das IAs.

"Choi Kang-woo disse que sentiu alegria. Um tipo de sensação que só podemos viver quando fazemos parte de uma máquina tão bem calibrada e infinitamente complexa. Uma alegria tão grande e poderosa que fez toda emoção humana parecer insignificante. Mas que também era familiar. A sua percepção disso era meio vaga, no entanto ele sabia que o presidente Han também havia vivenciado isso nas suas memórias. O que ele testemunhou no contrapeso foi o clímax de algum melodrama."

"Como um triângulo amoroso com um elevador espacial no meio?"

"Um relacionamento que nenhum ser humano seria capaz de entender. O tipo de coisa em que não gostamos de pensar, pois parece ser uma história que chegou a uma conclusão clara e satisfatória. Bom, para qualquer pessoa que alargue de forma tão absoluta os próprios horizontes, suponho que todos os desejos e emoções humanas vão acabar parecendo irritantes. Eu, por outro lado, não desejo que meus horizontes fiquem tão amplos."

"E o que o seu amiguinho vai fazer agora?"

"Diz ele que ainda ama Kim Jae-in, que sempre vai amar e que dificilmente vai superar. Mas essa história acabou. Até porque Kim Jae-in nunca se rebaixaria a ponto de se envolver com Choi Kang-woo. E Choi Kang-woo não tem ilusões nesse sentido. Ele vai apenas amá-la para sempre, em silêncio. A mulher cujo rosto ele esqueceu. E ele vai para a alyssa. Kim Jae-in escreveu uma carta de recomendação para ele e enviou para Kostomaryov. Ele provavelmente vai ser mais feliz por lá do que na lk. E assim que a irmã dele estiver melhor, imagino que eles irão para Marte no *Dejah Thoris III*."

E assim termina a conversa. Em silêncio, caminhamos em direção ao porto, onde a nave espacial e o translado da Green Fairy estão atracados. Como o Departamento de Segurança está uma bagunça após a morte de Tamaki, Graaskamp planeja aproveitar a oportunidade. Eles foram subcontratados da lk até oito anos atrás; sendo assim, não há razão para que não possam aproveitar essa brecha. Quando isso acontecer, a equipe subordinada da Green Fairy ficará sob a gestão do Departamento de Relações Externas da lk. Para mim não importa tanto, pois estou saindo da empresa em breve, mas Miriam, a minha substituta, provavelmente ficará feliz. Só espero que ela tenha a cortesia de não se aprofundar muito nas minhas ações passadas quando tiver acesso como nova chefe da divisão.

Han Su-hyeon continua de olho na cadeira de presidente da lk, ainda mais após a morte de Ross Lee. Se estiver disposto a fazer alguns sacrifícios, deverá ser capaz de contornar a lei anti-*chaebol* e assumir o controle direto da empresa, porém ele não parece ter essa intenção. Provavelmente já está à procura do próximo espantalho obediente.

Mas em breve tudo isso não significará mais nada, não é? A lk já começou a se desvincular da necessidade de qualquer tipo de intervenção humana. Essas pessoas logo, logo irão perceber que são todos fantoches da IA da empresa. O livre-arbítrio da humanidade não terá mais sentido no futuro.

O que me faz reconsiderar os meus sentimentos em relação a Tamaki. Muitas vezes descobrimos a profundidade mais inesperada em pessoas que pensávamos ser as mais superficiais. Talvez Tamaki não fosse a exceção. Talvez, após a morte do presidente Han, todas as idas e vindas entre Ross Lee e Han Su-hyeon tenham tido um motivo diferente, talvez ele também tenha sentido a necessidade de impedir o despertar de um monstro lovecraftiano que surgirá para dominar a humanidade. Afinal, mesmo as pessoas mais mundanas podem ser sacrificadas. Elas não querem que o mundo em que vivem mude. Querem que todos os seus desejos e as suas emoções mais banais durem até o fim dos tempos. Essa é a imortalidade que procuram. Tenho algum direito de julgá-las por isso? Talvez as escolhas de Tamaki tenham sido as corretas, e posso ter inadvertidamente ajudado a abrir a porta para um apocalipse. As ações de Kim Jae-in no contrapeso podem ser interpretadas de várias maneiras. O fato de o fantasma do presidente Han ter sido morto significa que a entidade que vive no contrapeso, seja ela qual for, está agora livre da possessão de um homem morto. Digamos que essa hipótese esteja correta. Que olhos essa fera liberta estará usando para olhar para nós, aqui na Terra, agora?

Ouço versos de Fatima Bellasco. Uma estrela amarela brilhante perfura as nuvens na sua lenta subida ao céu. O elevador espacial, que ficou brevemente parado com a situação dos reféns, está de volta às atividades, operando a todo vapor. Por um momento, observamos a estrela desaparecer nas nuvens e depois continuamos a nadar.

"Boa sorte àqueles que estão a caminho das estrelas. Ainda temos negócios na Terra."

EPÍLOGO
TRAPPIST-1E, A 39,6 ANOS-LUZ DA TERRA

FLO e BEE já não funcionavam mais. A única viva e em movimento era ROO. Fazendo uma pausa na tentativa de reanimar as irmãs, ROO conseguiu forçar a abertura da escotilha quebrada. A porta foi arrastada pelo vento forte, prendendo-se na lama coberta de gelo fino a quinze metros

Ao desembarcar da nave espacial, cuja escada também estava presa na lama, ROO arrastou duas caixas com o logotipo da LK. Depois de uma luta de trinta minutos, o robô conseguiu escapar do lamaçal onde a nave espacial havia caído.

ROO colocou as caixas ao lado de um penhasco avermelhado e olhou para trás. Os gigantescos pedaços de gelo no oceano emitiam sons estrondosos enquanto as ondas os batiam uns contra os outros, e acima dessas ondas estava o tênue arco de um minúsculo planeta de cor alaranjada. Nuvens avermelhadas e manchadas de preto moviam-se a um ritmo sinistramente rápido, como num vídeo acelerado, e entre essas nuvens ROO vislumbrou a visão estupenda de planetas inteiros aparecendo e desaparecendo no céu.

Encontrou um local onde o vento estava relativamente fraco, instalou uma câmera e tirou uma foto de si mesma. A câmera transmitiu a foto de um robô redondo com exoesqueleto de metal e seis pernas, parecendo uma água-viva congelada. Atrás dela, os contornos tênues da nave espacial em forma de disco parcialmente destruída. Poderia ter sido um pouso mais suave, certamente. Mas o que se poderia esperar, dadas as violentas tempestades deste planeta? E a experiência do acidente serviria como dado para as irmãs de ROO que chegariam em três anos, segundo a previsão.

Arrastou as caixas morro acima, perto do penhasco. Após subir trinta metros, conseguiu ver o outro extremo do continente. Rochas vermelhas, colinas, vales. ROO precisaria arrastar essas duas caixas por todo esse deserto. O seu destino, o segundo local de pouso, ficava a trezentos e dez quilômetros. ROO duvidava que as rodas inteligentes das caixas durariam tanto tempo. A ideia era assustadora.

Ela ouviu o tilintar estridente de uma música do cravo. Encarou a direção de onde a música vinha. Uma mulher vestindo pijama roxo desbotado e chinelos de coelho da mesma cor estava com as mãos nos bolsos e olhava para a robô. O rabo de cavalo e os fios de cabelo errantes na testa estavam sendo chicoteados pelos ventos fortes do TRAPPIST-1e.

"FLO e BEE ainda não morreram", disse o fantasma.

"Mas não há nada que eu possa fazer por elas agora. Se quiser salvá-las, terei que coletar peças do segundo módulo de pouso e voltar para buscá-las mais tarde."

ROO não perguntou à mulher quem ela era. No mundo dos robôs, saudações e apresentações formais não faziam sentido. Havia questões mais importantes. Afinal, cada coisa no universo tinha a sua razão de existir, ainda que uma dessas coisas fosse o fantasma de uma mulher vestindo pijama.

"O que você pode fazer por aqui?", perguntou ROO.

O fantasma afastou as mechas de cabelo que dançavam com o vento, estremeceu e respondeu com decidida indiferença:

"Posso caminhar com você."

ESTA OBRA FOI COMPOSTA PELA ABREU'S SYSTEM EM CAPITOLINA REGULAR
E IMPRESSA EM OFSETE PELA CORPRINT SOBRE PAPEL PÓLEN BOLD
DA SUZANO S.A. PARA A EDITORA SCHWARCZ EM AGOSTO DE 2024

A marca FSC® é a garantia de que a madeira utilizada na fabricação do papel deste livro provém de florestas que foram gerenciadas de maneira ambientalmente correta, socialmente justa e economicamente viável, além de outras fontes de origem controlada.